孤高の令嬢と
甘々な日常
JN019234
A Sweet Life with a
Lonely Girl
猫又ぬこ
ill. たくぼん

水無月綾音
Minazuki Ayane

濃緑ブレザーをモデルのように着こなす彼女は、
クラスメイトの水無月綾音さん――。

彼女はとにかくモテている。

自分に自信がある生徒は
こぞって仲良くなろうと話しかけていたが、
成功したという話は届いていない。
全員漏れなく撃沈したから。

彼女は男子どころか女子すらも寄せつけず、
人前で笑うようなこともない。

それゆえに、ついたあだ名が

『孤高の令嬢』――

彼女が隣に寝そべってきた。

ちょっと寝返りを打てば覆い被さってしまいそうな距離だ。

「男がこんな近くで寝てたんじゃ落ち着かないだろ？」

「私は平気です。だって男子は男子でも、奏太くんは特別な男子ですから……」

「特別？　特別って……」

どういう意味？

と隣を見ると、綾音さんは目を瞑っていた。

「……綾音さん？　寝たの？」

「……」

「おーい、綾音さーん？」

「あの……変なお願いしてもいいですか？」

「変なお願い？」

小さくうなずき、

「私をくすぐってください」

「……え？」

「水無月さんを……くすぐる？」

「はい。それなら大笑いできそうですから……」

持谷奏太
Mochiya Sota

たしかにくすぐれば笑うだろう。

だけどそれって、
身体に触れるってことだぞ？

いいのか？

ほんとに触れちゃっていいのか!?

「……怒らない？」

「そんな騙し討ちみたいなことはしません」

CONTENTS

Sweet Life with a
nely Girl

孤高の令嬢と甘々な日常

猫又ぬこ

講談社ラノベ文庫

口絵・本文イラスト／たくぽん
デザイン／AFTERGLOW

《 序幕 令嬢は渡したい 》

よく晴れた四月の放課後。

時折強く吹く風に背中を押されながら、俺は最寄りの書店にやってきた。大学受験用の参考書を買うためだ。

高二の春から受験対策を始めるのは早かろう——。そう思っていたが、クラスメイトが受験勉強を始めたと知り、後れを取るまいと勉強することにしたのだった。

「これでいいかな」

いきなり難しいのを何冊も買えばそれだけで賢くなった気になりかねない。中学時代の二の舞にならないように入門書的な参考書を一冊手に取り、会計しようとレジへ向かう。

レジには先客がいた。

見知った女子だった。

肩まで伸びたふわふわの髪に、透き通るような色白の肌に、日本人離れした目鼻立ち。背丈こそ平均的だが、胸元に大層なものをお持ちだ。こうして横から見ると発育の良さが浮き彫りになっている。

濃緑ブレザーをモデルのように着こなす彼女は、クラスメイトの水無月綾音さん——。話したことがない俺でもフルネームを知っているくらい、彼女の知名度はかなり高い。

なぜなら成績は学年トップで、体育祭でも大活躍していて、おまけになにより美しい、まさに完璧な美少女だから。

その証拠に、彼女はとにかくモテている。

入学早々に美少女がいると噂(うわさ)になり、上級生のクラスからも見物人が来るほどだった。自分に自信がある生徒はこぞって仲良くなろうと話しかけていたが、成功したという話は届いていない。

全員もれなく撃沈したから。

俺も何度か彼女が告白されている現場を見かけたが、水無月さんは一切表情を崩さずに淡々と言い放つだけだった。


――私はひとりが心地良いです、と。


まさに有言実行と言うべきか、彼女は男子どころか女子すらも寄せつけず、人前で笑うようなこともない。学校ではいつもひとりで過ごしているが、そんな姿も絵になるため、悲愴感はまるでない。

それゆえに、ついたあだ名が『孤高の令嬢』――

孤高は言わずもがな。令嬢に関しては、超高級マンションに帰っていく姿を見たという目撃談からつけられた。

そんな孤独を愛する水無月さんだが、その美貌から人気ぶりは変わらない。男子からはアイドルのように崇められ、女子からはツンツンしている猫みたいで可愛いと評判だ。

さておき。

我が校のアイドルが目の前にいるこの状況。とても得した気分だが、彼女とお近づきになろうとは思わない。

仲良くなれるならなりたいが、声をかけたところでお決まりのフレーズを耳にするのがオチだから。――私はひとりが心地良いです、と。

「ありがとうございましたー」

女性店員の声が響く。

水無月さんは本をカバンに入れると、近くにいた俺に気づくことなく、そのまま書店を去っていった。

◆

水無月さんと再会したのは、それから間もなくのことだった。

書店から五〇メートルと離れていない横断歩道前に、彼女は背筋を伸ばして立っていた。この気品に満ちた佇まいも、彼女が令嬢と呼ばれる所以だろう。

風に揺れる彼女の後ろ髪をぼんやり眺めていると、水無月さんが背筋を伸ばしたまま歩き出した。いつの間にか信号が青に変わっていた。

ぴったり後をつけると警戒されるかもなので、数メートルほど距離を取り歩いていく。街路樹の並ぶ歩道を進み、ビル影に覆われた道に差しかかり――

びゅわ、と。

一際強い風が吹き、頭上からバキッと物音が響いた。反射的に音のしたほうを見上げ、袖看板が落下する瞬間を目撃する。

「危ない！」

咄嗟に地面を蹴り、水無月さんを抱きしめるようにタックルする。肩や腕に固い地面の感触が訪れたのと、背後から凄まじい音が響いたのは、ほとんど同時だった。

まるで雷が落ちたような轟音だ。心臓がバクバク鳴るなか振り向くと、ついさっきまで水無月さんが立っていた場所に看板が落ちていた。

でかでかと『絶対合格！』と書かれたそれは、奇しくも学習塾の看板だった。参考書を買う前に塾通いも検討したが、塾のほうから来るとは思わなかった。

「こわ～……」

いまさらながら恐怖が湧いてくる。なにせ巨大な看板だ。あと一歩遅ければふたりしてぺしゃんこになっていた。

まさに九死に一生を得た気分……。

「ううう……」

うめき声が聞こえ、水無月さんを強く抱きしめていることを思い出す。タックルの際に胸元を手で覆ったせいで、手のひらに柔らかな感触が――

「ご、ごめん！」

　パッと手を遠ざけ、立ち上がる。

　なにが起きたのか理解できていないのか、彼女は困惑顔で立ち上がり、看板を見て目を見開いた。

「こ、これは……」

「ビルの看板だよ。強風で落ちてきたんだ」

「あれは看板が外れた音だったんですね……」

　物音には気づいたようだが、音の正体はわからなかったらしい。

　無理もない。髪の長さといい、スカートといい、男子に比べると強風が吹いた際に気にかけるところは多いから。

　水無月さんは頭上を見上げる。

「あそこから落ちてきたんですね……ひい、ふう、みい……四階ですか」

「四階からで逆によかったよな。これが一階とかだと間に合わなかったぞ」

「これが直撃してたら私、死んでましたよね……？」

　いつも無表情な水無月さんだが、死を身近に感じたのか、さすがに顔を曇らせている。

　肯定するとよけいに怖がらせてしまうかもだが、これが直撃して死なない人間はもはや人間とは言えない。

一六歳相手に誤魔化しは通じないだろうし、ここは素直に認めよう。

「死んでただろうな……」

「やはり死んでましたか……」

「まあでも、こうして生きてるわけだしな。過ぎたことを深く考えるのはやめとこうか。ところで――」

「け、怪我はないか!?」

道の向こうからおじさんが血相を変えて駆け寄ってきた。反対側の歩道にも心配そうにこっちを見ているひとがいる。

「俺は平気です」

制服が擦れたが、厚手の生地なので肌は無事だ。水無月さんにも外傷は見当たらない。これでかすり傷すらないのは奇跡だ。

あらためて胸を撫で下ろしつつ、ところで、と先ほど言いかけた質問をする。

「どこか痛めたりしてないか……？」

水無月さんは首を振り、

「痛みはありません。あなたが身を挺して守ってくれましたから……」

「きみが助ける瞬間を見ていたぞ！　落ちてくる看板の下に飛び込むなんて……。本当に勇敢だったな！」

「ああいえ、身体が勝手に動いただけですから」

　手放しで褒められて照れくささを感じていると、ビルから大人たちが飛び出してきた。ただ事ではない物音が響き、慌てて駆け下りてきたのだろう。

「た、大変だ！　怪我人はいないか⁉」

「怪我はありません」

「この少年が彼女を守ったんですよ！　彼が勇気を出して動かなければ、大惨事になっていたでしょうね」

　おじさんは俺の肩に手を置き、誇らしげにそう言った。

「そ、そうですか……。怪我人が出ずに済んでなによりです」

　彼は安堵の息を吐き、まずは警察に、それからビルの管理者に電話をかける。

「看板が落ちたんだって。怖いね～……」

「私たちも気をつけないとね……」

　気づけば野次馬が集まってきた。

　そろそろ立ち去りたいのだが……こういうときって現場に残ったほうがいいのかね？　事件の参考人ってわけじゃないし、取り調べとかないよな？

「あの……持谷くん、でしたよね？　同じクラスの……」

　水無月さんが自信なさげに言った。

　他人に興味関心を示さない彼女だが、一年のときから同じクラスなので、名前を覚えてくれていたようだ。

「持谷奏太だ」

「ありがとうございます、持谷くん。あなたのおかげで、私は死なずに済みました」

「どういたしまして」

美少女を助け、お礼を言われる——。まるで物語のヒーローになった気分だ。思い出が走馬灯のように駆け巡ることがあれば、この瞬間は間違いなく採用される。

「持谷くんは、いまお忙しいですか？」

「そうでもないよ」

用事はあるが、急ぎではない。もうちょっとヒーロー気分を味わっても罰は当たらないだろう。

俺に急ぎの用がないと知り、水無月さんは安心した様子でどこかに電話をかけ始めた。

「——お父さん、いま時間ありますか？」

父親に電話をかけているようだ。事故に巻き込まれた話をするのかと思いきや、彼女は予想外の発言をする。

「水無月家の総資産はいくらですか？」

なぜこのタイミングで資産の話？

「なるほど。一〇〇億ですか」

一〇〇億⁉

冗談みたいな額だが、水無月さんは真顔だ。この場で資産額を盛る意味もわからない。

本当に一〇〇億の資産があるのだろう。

まさに令嬢と呼ばれるに相応しい、生粋のお金持ちだ。

「ではその一〇〇億と私、どっちが大事ですか？」

いよいよ親に電話をかけた意味がわからなくなってきた。

電話の向こうでお父さんも困惑してそうだ。

愛を確かめるような問いかけに即答で返されたのか、彼女はすぐに「わかりました」と通話を切った。けっきょく事故の話はしなかったな……。

水無月さんは俺に向きなおり、

「なにやら驚いた顔をしてますね」

「一〇〇億って聞こえたから」

「はい。うちは代々資産家ですから。資産運用で増えに増え、いまでは一〇〇億の資産があるそうです」

お金はお金のあるところに集まるって話、ガチなんだな。

にしても、なんで俺に資産の話をするのかね？　自慢したいにしては淡々としてるし。いまいち話が見えてこない。

「お父さんが言うには、資産より私のほうが大事だそうです」

「いいお父さんだな」

「はい。立派な父です」

尊敬しているのか、水無月さんはどこか誇らしげだ。

父親自慢をしたいわけではないようで、彼女は真剣な顔で続ける。

「私はお父さんに『他人に借りを作るべからず』と言い聞かされて育ちました。なので、いままで借りを作らないよう生きてきました」

ですが、と顔を曇らせる。

「あなたに大きな借りを作ってしまいました……」

なるほど、話が見えてきた。

俺に命を救われた——大きな借りを作ってしまったため、その恩返しがしたいわけだ。

先ほど資産額を伝えたのは、遠慮せずにお礼を受け取らせるためだろう。

少々回りくどいやり方だが、これも気遣いといえば気遣いだ。学校での立ち振る舞いを見て、ちょっと冷たい性格なのかなと思っていたが、意外と優しい女子らしい。

「あなたに大きな借りを作ってしまった以上、それに見合うだけの物をお返ししなければなりません」

「つまり俺にお礼をしたいってこと？」

こくりとうなずき、

「先ほど父はこう言いました。『一〇〇億円より綾音のほうが大事に決まっている』と。つまり私の命には一〇〇億の価値がありますから、持谷くんには一〇〇億の借りを作ったことになります」

「……一〇〇億の借り？」

はい、と彼女は俺を見つめ、

「ですので、持谷くんに一〇〇億あげます」

「受け取れるかっ！」

つい叫んでしまった。

そりゃお金に困ってないと言えば嘘になるが、同級生から金銭は受け取れない。それが一〇〇億となればなおさらだ。

「な、なぜですか……？」

水無月さんがうろたえている。この状況だと、うろたえるのは俺のほうなのだが……。

「大金過ぎるからだ……。借りを返そうとする気持ちは立派だけど、せめて菓子折とかにしてくれないか？」

「一〇〇億円分のですか？」

なわけないでしょ。

「そもそもお返しとかしなくていいんだけど……たとえば一〇〇〇円くらいのお菓子詰め合わせセットとかどう？」

「私の価値は、一〇〇〇円という意味ですか……？」

「そうじゃなくて……」

肯定すれば一〇〇〇円で済むかもだが、彼女を傷つけてしまうのでそれはできない。

こんなに贅沢な悩みははじめてだ。

どうしたものかと考えあぐねていると、水無月さんが俺以上の困り顔で言う。

「どうしても、受け取れないのですか？」

「さすがに一〇〇億は……」

「九九億ならどうですか？」

「ほぼ同じだろ……」

一億の違いを「ほぼ同じ」という日が来るとはな。

「では分割払いではどうでしょう？」

「そういう問題じゃないっていうか、そもそも見返り目当てで助けたわけじゃないから」

「ですが借りは返さなければなりません」

確固たる意思で、俺に一〇〇億を渡そうとする水無月さん。

なにを言っても聞き入れてくれそうにないので――

「あっ、まだ話は終わってませんよ！」

俺はその場から逃げ出した。どうせ明日学校で会うけど、一日頭を冷やせば考えも変わるはず。ちょっとオシャレな菓子折くらいで手を打ってくれるはずだ。

やがて商店街にたどりつき、うしろを振り返ってみる。

水無月さんは、影も形も見当たらなかった。

《 第一幕 令嬢は笑いたい 》

翌朝。今日も今日とて風が吹いているが、看板落下事故に見舞われることはなく……。

無事に登校を済ませると、二年C組の教室へ向かう。

「水無月さん、もう来てるかな……」

昨日は話の途中で逃げ出したのだ。水無月さんはクラスメイトで、しかも席は俺の隣。登校すれば接触は避けられず、昨日の話の続きをすることになりかねない。

水無月さんと話せるのはもちろん嬉しい。嬉しい、けど……話題が話題だしなぁ。俺の気持ちを汲み、一〇〇億から菓子折に心変わりしてくれてるといいのだが。

そう祈りつつ教室のドアを開く。

賑々しい教室内に、水無月さんの姿はなかった。

「おーっす」

自席にカバンを置いていると、うしろの席からスポーツ刈りの男子が声をかけてきた。

中学校からの友達の矢野だ。ちなみに言うと、水無月さんに例のフレーズを告げられた男子のひとりでもある。

「ああ、おはよ」

「……なんか疲れた顔してんな」

さすがは友人、俺の顔色にめざとく気づくとは。実際、昨日は事故に巻き込まれた興奮からあまり眠れず、目の下にはうっすらクマができている。おまけに――

「ひどい夢を見てさ」

「宿題が終わらない夢とか？」

うちの高校は宿題が多い。他校のことは知らないが、中学時代に比べると宿題量は倍増した。矢野の言うように宿題の悪夢も見たことはある。

昨日は違う。

「押し潰される夢を見たんだ」

なにがなんでも一〇〇億円を受け取らせようとヘリで運び、路上を逃げ惑う俺めがけて札束をばらまき――大金に押し潰された俺に、水無月さんが上空から「これで借りは返しました」と淡々と声をかけてくる。

そんな歴史上俺しか見たことがないであろう夢に、矢野が理解を示してきた。

「そっか。持谷もあの話を知ってるのか」

「あの話？」

「学習塾の看板が落ちたって話」

「なんで矢野が知ってるんだ？」

あの場にいなかっただろ。

「今朝ニュースになってたからな。さっきも女子が話してたぞ。ま、俺は目撃者から直接話を聞いたんだが」

矢野は得意げだ。俺は目撃者どころか当事者だが、自慢できるようなことじゃない。

「目撃者って？」

「父さんだよ。現場に居合わせたらしくてな。うち自営業だからさ、仕事の息抜きに散歩してたら、五〇メートルくらい先で看板が落ちたって。ものすごい衝撃音だったたって言ってたぜ」

それって……俺を英雄みたいに持ち上げてくれたおじさんのことだよな？　あのひと、矢野のお父さんだったのか。言われてみれば目元がそっくりだ。世間は狭いな。

「ちなみにうちの父さん、テレビに映ってたぜ。インタビュー受けてた。女子アナも見たって」

身内がテレビに映り、矢野はやや興奮気味だ。俺も家族がテレビに映ったらテンション上がるなぁ。

「持谷はニュース見た？」

「今朝はドラマの続き見てた」

「なら知らないのか。うちの生徒が看板から女子を守ったらしいぜ。父さんに『成績は悪くてもいいからああいうふうに人助けできる男になれ』って言われたよ。インタビューでもべた褒めしてた」

「あー……」

照れくさくなり、下手な相づちしか打てなかった。

矢野が訝しげに目を細める。

「なんだよその顔。……まさか、その生徒って持谷なのか？」

認めるのは照れくさいけど、嘘を吐くようなことでもないか。

「実を言うと、俺だ」

「マジで⁉　持谷が看板から守ったのか⁉」

矢野の声があまりに大きいものだから、クラスメイトが集まってきた。

「ほんとに⁉　すごいじゃん持谷くん！」

「ヒーローだよヒーロー！」

「テレビの取材とか来るんじゃない⁉」

こんなに注目を浴びたのは、一六年の人生史上はじめてだ。女子にチヤホヤされ、頬が緩んでしまう。

「取材かー……。もし来たら、そのときはインタビューされてみようかな」

さらなるチヤホヤを求めているわけじゃない。

家族の助けになりたいだけだ。

うちは和菓子屋。曾じいちゃんから三代続く、老舗と言っても否定はされないくらいの歴史がある個人商店だ。

ただ、昔は繁盛したそうだが、俺が知る限り店が賑わっている光景は見たことがない。馴染みのお客さんが支えてくれているので、いますぐに潰れるほどじゃないけど、常連はお年寄りばかり。新規の若い客が増えない以上、緩やかにだが衰退の一途をたどっていくのは明らかだ。

　それもあって跡を継ぐ気はないが、早世した曾じいちゃんが創業し、若くして二代目になったじいちゃんが軌道に乗せ、三代目となった父さんが俺を育てるために切り盛りしている大事な店だ。

　インタビューが起爆剤になるのなら、たとえ調子に乗っていると言われようと、顔出しくらいいくらでもする。

「じゃあさじゃあさ、私は持谷くんの人柄を語る役を担当する！」

　俺の周りに集まっていた女子のひとりが言った。

「なにその役？」

「インタビューって、だいたいそういう役回りのひとが出るじゃん？　学校の生徒とか、近くに住むひととか」

「それ、悪いこととして逮捕された場合だろ……。普通に店に来てくれれば、チラッと映り込むんじゃないか？」

「じゃあ店に行く！　取材が来るときは教えてねっ！」

　言い換えれば、取材がなければ店には来ないというわけで。

　まあ、和菓子屋なんてそんなもんか。

　若い子って和菓子より洋菓子のほうが好きだし。和モダンな老舗より洋風のオシャレな店のほうが好きだろう。

それにしても、と女子が声を弾ませる。

「持谷くん、すごいねっ！　だって命の恩人ってことだもんね！」

「ねっ。その助けられた娘、ぜったい持谷くんに惚れちゃってるよ！」

さすがは女子高生、すぐに恋バナに持っていこうとする。

変な噂が広まると水無月さんも困るだろう。いまのうちに否定しとくか。

「恋愛に発展することはないよ」

「どうして言い切れるの？」

「相手は水無月さんだから」

賑々しい空気が一変した。その場の全員が血相を変える。

「嘘⁉　水無月さん⁉」

「怪我はなかったの⁉」

みんな水無月さんのことが大好きらしい。めちゃくちゃ心配そうにしている。

「怪我どころか痛みすらもないってさ」

「そっかー……よかった」

「すごいな持谷！　ますますヒーローじゃんか！」

「みんなのアイドルを守ってくれたんだもんな！」

「お礼に今日の昼飯は奢るぜ！」

こうして感謝されるのは本当に気持ちいい。

水無月さんも一〇〇億のことは忘れて、ただ感謝の気持ちを伝えてくれるだけでいいのだが……。

そんなことを考えていると、教室がしんと静まった。

水無月さんが教室にやってきたのだ。

「……」

普段通り、クールな所作で席に着いた水無月さんは、青い瞳でちらりと俺を見る。

視線が交わったのは一瞬だった。通学カバンから小説を取り出すと、物語の世界に入り込んでしまう。

ほんと……こうしてあらためて見ると、かなりの美人だよな。ただ読書しているだけで絵になるなんて。

こんなに可愛い女子に感謝されたのだ。それだけで充分な恩返しになると本人にも理解してほしい。

あるいは、もう理解してくれたのかも。だから話しかけてこないのだろうか。

「でさ、持谷は宿題やった？」

矢野が唐突に話を変える。

怖い思いをした水無月さんの周りで事故の話をするのはためらわれるのか、俺を囲んでいたみんなも席に戻り、再び談笑を始めるのだった。

◆

そして放課後。ホームルームが終わるなり、俺は教室をあとにした。昇降口でクツを履き替え、家路につく。

「話があります」

そう淡々と声をかけられたのは、校門を抜けて五分ほどが過ぎ、人通りの少ない歩道に差しかかった頃だった。

振り返ると、水無月さんがクールフェイスで立っていた。ぱっちりとした二重の瞳には『持谷奏太と話したい』という意志が宿っているように見えた。

そんなに強い意志を持ちながら、学校では話しかけてこなかった。それはきっと注目を避けるため――同級生と上級生はもちろん、新入生のあいだでも『美人な先輩がいる』と評判だから。

そんな美少女と会話すれば俺も注目の的となる。そこで関係を変に勘ぐられないように学校では話しかけず、校門を出てすぐに声をかけると目立つため、わざわざここまで後をつけてきたのだろう。

「歩きながらでいい？」

「もちろんです」

小走りに駆け寄り、遠慮がちに俺の隣に立つ。彼女の歩幅は知らないが……とりあえずいつもより遅めの歩調で歩くことに。

道路沿いの歩道は、ふたりで並んで歩くには少し狭い。街路樹が一定間隔で植えられ、彼女がそれを避けるたび、肩が触れそうになってしまう。

こうして並んで歩いていると、妙な恥ずかしさがこみ上げてくる。教室で隣同士だが、それとは違う感覚だ。気持ちが浮つき、心拍数が上がってしまう。

「……話って、昨日の？」

いつまでも無言ではいられない。俺がそう切り出すと、彼女は小さくうなずいた。

「昨日は急に駆け出してしまったので。……持谷くんは、お腹が痛かったんですか？」

無表情ながらも気遣うような口調だ。

こうして心配してくれる辺り、優しい娘なんだよなぁ。これだけ思いやりがあるなら、最終的には俺の気持ちを汲んでくれるかも。

「お腹は平気だよ。それより……一〇〇億の件って、まだ生きてるのか？」

「もちろんです。まだ借りを返せてませんから」

「けどさ、資産って親のだろ？　家族は認めてくれたのか？」

親に無断で一〇〇億は引き出せない。

資産より娘のほうが大事なのは間違いないにしても、さすがに全財産を譲ると聞けば、親も待ったをかけるはず。

「お父さんには、まだ話してません」

「昨日は家に帰ってこなかったとか？」

「そうではなく、私はマンションにひとり暮らしですから」

「家族は海外に住んでたり？」

両親のどちらかが外国人なのだろう。日本人離れした目鼻立ちだし、彼女には明らかに外国の血が流れている。

水無月さんは首を振り、

「お父さんは日本に住んでいます。ただ、日本中に別荘があって、各地を転々としながらボランティア活動をしてるんです」

「ボランティア？」

「お金は寝てても入ってきますから。寄付もしてますが、困ってる当事者の声を直接聞くためにも、現地で人助けをしたいそうです」

「そっか。立派なお父さんだな」

「はい。父を誰よりも尊敬してます」

そんな尊敬する父親に『他人に借りを作るべからず』と教わったわけで。父親のような立派な人間になるためにも、言いつけを守りたいのだろう。

ともあれ、

「一〇〇億については、まずは親に話を通したほうがいいんじゃないか？　会うのは無理でも、昨日みたいに電話はできるわけだろ？」

「話を通せば受け取ってくれますか？」

「それは……」

言い淀んでいると、水無月さんが残念そうに形の良い眉を下げた。

「……受け取ってくれないんですね？」

「まあ、そうだな。借りを返したい気持ちは尊重したいけど、できればお金以外の方法にしてほしいってのが本音だよ」

「お金以外の、方法……」

白魚のような指をあごに当て、考える仕草を作る。なにか思いついたのか、ハッと目を開き、どこか恥ずかしそうに言う。

「身体で払う……という意味ですか？」

咄嗟に声が出なかった。

これでドキドキしてしまうのは、俺が健全な男子高生である証拠だろう。

彼女には一〇〇億の価値がある。水無月さんを我が物にすれば、すなわち一〇〇億円を受け取ったのと同義だ。

ここでイエスと言えば、父の教えを素直に信じている彼女のことだ。俺に身を捧げ、男子の夢を叶えようとしてくれるかもしれない。

まあ、助けた見返りに身体を好きにさせろ、なんて悪党めいた台詞、口にできるわけがないけど……。

それでも、『身体で払う』は名案だ。

彼女の発案でもあるし、これを活かす形を取ろう。

「だったら、うちの仕事を手伝ってくれないか？」

「お仕事を？」

「俺の実家、和菓子屋でさ。その仕事を手伝ってほしいんだよ。もし頼めるなら、すごく助かるんだけど……」

「借りを返すためならなんでもします。ぜひ手伝わせてください」

仕事の詳細を聞く前に、水無月さんは即答した。

◆

それから間もなく、俺たちは商店街にやってきた。

学校から徒歩一五分、駅からは一〇分という立地だ。近所に小さなスーパーはあるが、歩いて行ける範囲に大型商業施設はなく、平日休日問わず昼下がりは買い物客で賑わっている。

が、それは表通りに限った話。

ひとたび裏通りに入ると、一気に活気が遠ざかる。

「……」

こういう狭いアーケードを訪れたことがないのか、水無月さんはどこか怯えた様子で、わずかに俺に身を寄せてきた。華奢なのも相まって、庇護欲をくすぐられてしまう。

「お化けは出ないから安心して」

「そ、そうですか。私は怖くありませんけど、お化けが出ないなら子どもも安心して買い物できますね」

自分は怖がってなどないというスタンスだが、不安には感じていたのか、ちょっとだけ声が明るくなった。

「子どもと言えば、小さい子を見かけませんね」

「この辺りには子ども向けの店はないからな」

床屋に時計屋、婦人服店にクリーニング店、酒屋に自転車の修理屋等々。雨天でも買い物が楽しめるアーケード街だが、晴れているのに子どもどころか人通り自体が少ない。

そんな寂れた裏通りに、いかにも老舗な店がある。

江戸の町並みにも溶けこみそうなその建物こそ、和菓子屋『甘味処もちや』だ。

「ここが持谷くんのお家ですか？」

「自宅はべつにあるよ。まあ、昔は店兼自宅だったらしいけど。古くなってリフォームをしたみたいでさ。ちょうど店が軌道に乗ってた時期で、二階をイートインスペースに改修したんだ。見ての通り外観は古いけど、内装は綺麗だから安心して」

「外観も素敵ですよ。こういうのは映像でしか見たことがありませんでしたが、なんだか昭和にタイムスリップした気分です」

超高級マンションに住んでいると噂される水無月さんだ。カルチャーショックを受けていると思いきや、気に入ってくれるとは。

「さっそく案内するよ」

気を良くしつつ、彼女を店内へ連れていく。

やや手狭な店内では、大きなショーケースが存在感を放っていた。ケースにはおはぎにわらび餅、水ようかんに水まんじゅう、桜餅に大福餅、あん団子にみたらし団子にきなこ団子等々、二〇種類ほどの和菓子が並んでいる。

あまり和菓子を見たことがないのか、水無月さんは物珍しそうにショーケースを眺めている。

「水無月さんは、和菓子好き？」

「食べたことはありませんが……甘いですよね？」

「めっちゃ甘いよ」

「でしたら好きだと思います」

「ならよかった」

甘いのが苦手なのに和菓子屋で働かせるのは気が引けるしな。

「いらっしゃ――あら、おかえり奏太」

ショーケースの向こう側。のれんに隠れた作業場から、母さんが出てきた。

「お客さんを連れてきてくれたの？」

「クラスメイトだよ。いろいろあって、仕事を手伝ってもらうことになってさ。母さん、学校の友達をバイトに誘ってみてくれないかって言ってただろ？」

「あらあら、見つけてきてくれたのね。助かるわ～」

「水無月綾音です。なんでもします」

「あら、やる気満々ね！　頼もしいわ～。それにしても、こんなに可愛い娘と友達になるなんて、あなたもやるわね！」

息子が可愛い女子を連れてきて、母さんはご機嫌だ。

俺としても友達になれるならなりたいが……彼女の学校での言動を振り返るに、それは望み薄だろう。俺を嫌ってる感じはしないけど、水無月さんは孤独を愛している——ひとりが心地良いのだから。

「パパには私から伝えておくから、奏太はお店のことを教えてあげてね」

「わかった。水無月さん、こっち」

一階の別室に連れていく。

ドアの奥には、八畳ほどの板張り部屋が広がっている。テーブルには湯飲みセットが、ポールハンガーにはエプロンがかけられていた。

従業員用の休憩スペースだ。バイトはいないので実質夫婦の憩いの場だが。

「とりあえず座って」

そう言って椅子に座ると、水無月さんはなぜか俺の隣に腰を下ろした。

「なんで隣？」

思わず疑問を口にする。水無月さんはハッとして、

「いつも隣に座ってるので、つい癖で……。向かいに移動したほうがいいですか？」

「そこでいいよ」

離れてほしかったわけじゃない。

ただ、学校と違ってふたりきりだ。いろんな匂いが混ざり合った教室とは違い、彼女の匂いがよくわかる。

嗅ぎ慣れた和菓子の甘さとは別種の甘い香りに、思わずドキドキしてしまう……。

とりあえずお茶でも飲んで落ち着こう。

「水無月さんも飲む？」

「いえ、これ以上借りを作れませんから」

徹底してるなぁ……。

「借りとかじゃないよ。喉の調子を整えるのも仕事の一環だから」

「そういうことでしたら……。実を言うと、緊張で喉が渇いてたんです」

「へえ、水無月さんでも緊張するんだ」

「しますよ。私、働いたことないんですから……」

言われてみれば……たしかにはじめてのバイトなら緊張して当然か。

勉強もでき、運動もでき、美少女で、お金持ちで——。孤高の令嬢だと特別視されてるから中身も特別だと思い込んでいたが、彼女もひとりの人間なんだ。

これからは特別扱いせず、『孤高の令嬢』ではなく『いちクラスメイト』として接してあげたほうがいいのかも。

そんなふうに思いつつ、湯飲みに緑茶を注ぐ。差し出すと、彼女は唇をつけ、

「……美味(おい)しいです」

強(こわ)ばっていた表情がわずかに緩んだ……ような気がした。多少なりとも緊張はほぐれたようだ。

彼女が安心して働けるように、なるべく優しい口調を心がけないとな。

「じゃ、仕事の説明するから」

「は、はい。……はい、お願いします」

カバンから慌てて筆記用具とノートを取り出すと、真剣な目を向けてくる。吸い込まれそうな青い瞳に見つめられ、心拍数が上昇するなか、さっそく説明を始める。

「まず、水無月さんには接客を担当してもらうよ」

「接客ですか……」

「接客は不安？」

「い、いえ、不安はありません」

「ならよかった。もちろん慣れるまでは俺がそばでサポートするから安心して」

「ふつつか者ですが、よろしくお願いします」

わざわざ身体を俺に向け、ぺこりと頭を下げてくる。

お行儀いいなぁ。これだけしっかりしてるなら、安心して接客を任せられる。

「さっきも言ったけど、二階にイートインスペースがあって、持ち帰りがメインだけど、おしゃべりついでに食べに来るお客さんもいるんだ」

おしゃべりついでに……と独りごちつつ、丁寧にメモっていく。クールな顔に似合わず丸文字だ。女子の字って、どうしてこう可愛いんだろ。

書き終わるのを待ってから、続きを説明する。

「コーヒーとかジュースとか、あんみつとかぜんざいとか、イートイン用メニューはまたべつにあるから。注文が入ったら、作業場にそう伝えて」

「注文の品は、私が運んでいいんですか？」

「そうしてくれると助かるよ。あと、お皿を下げるのはお客さんが帰ってからお願い」

「お皿はどちらに？」

「作業場だよ。洗い物は親がするから、水無月さんは接客だけに集中して」

接客に集中……とメモる水無月さん。淡々とした口調なのに、文字だと『！』マークを多用している。意外と感情豊かなのかも。

「閉店は一八時ね。ただ、すぐに店を閉めるわけじゃないから、お客さんがいたらそっち優先で。夕食の前に和菓子を食べに来るひとって珍しいし、だいたい一七時過ぎには帰るけど」

一七時過ぎにはお帰りに……とメモったところで、説明を再開する。

「タイムカードは作業場にあるから、店に来たときと帰るときは必ず押すこと。……で、最後に大事な話――時給だけど、うちは一〇〇〇円だから」

「せっ――」

ぽろり、と水無月さんの手からペンが落ちた。

この辺りでは平均的な額だけど、資産一〇〇億の女子だ。カルチャーショックを受けたのかも。

「そ、それでは一生かけても借りを返せません……」

ああ、そっちがショックだったのね。

水無月さんの頑張り次第では昇給交渉できるかもだが、一〇〇円上がろうと一〇〇〇円上がろうと一〇〇億の前では誤差だ。

「ごめん、あんまりいい時給じゃなくて」

「い、いえ、持谷くんが謝ることでは……。とにかく、お給料はいただけません」

「いや、働いてもらうのに給料を払わないわけには……」

「ですが……それではいつまで経っても借りを返せません。ボランティアとして働かせてください」

変わったお願いだけど、彼女は借りを返すためについてきたのだ。その結果がこれではかわいそうかも。

時給一億ってことにすれば納得してくれるかな？　この様子だと「気を遣わせてしまいました」ってますます落ち込みかねないな。

せめてボランティアだけでも受け入れてあげないと。ただ、給料を払おうが払うまいが一〇〇億の借りを返しきることはできないわけで……。

だから……そうだ！　俺は水無月さんの命を救った――ならばそれと同じ理屈で借りを返させればいい。

つまりは、和菓子屋でのバイトが人命救助と同じくらい価値があることだと思わせればいいのだ。

「話は変わるけど、うちには去年まで長尾さんってひとが働いてたんだ」

長尾さん……とメモる水無月さん。

それはメモらなくていいよ、と伝えつつ、話を続ける。

「孫が生まれて、毎日会いに行きたいからって引っ越してさ。それきりうちにはバイトがいないんだ」

バイト不在でも店は回るが、仕事は接客だけではない。製造に清掃に包装に発注など、俺が手伝わないと休む暇がないくらいには忙しい。

お客さんこそ少ないが、やるべきことはごまんとあるのだ。毎日働きづめだと父さんと母さんが身体を壊しかねない。

だから――

「水無月さんが働いてくれたら、俺の家族は健康でいられる――つまり俺の大事なひとの命を助けることになるんだ。それがなによりの恩返しだよ」

おとなしく話を聞いていた水無月さんは、感心したようにため息を吐いた。

「持谷くんは、家族思いなんですね」

「納得してくれた？」

「納得しました。ではおじさまとおばさまが隠居するまで、ボランティアとして働かせてもらいます」

「隠居するまで……」

何年がかりになるんだ、それ……。

緩やかに衰退の一途をたどっているが、店が潰れるほどじゃない。年金暮らしを始めるまでは、隠居することはないだろう。

その日が来るまで、あと三〇年はある。それまで資産家の娘さんを和菓子屋で働かせるのは申し訳なさすぎるぞ。

でもなぁ……。水無月さん、頑固だしなぁ。

一応は俺の提案に納得してくれたわけで。とりあえず、この案を採用しよう。そして、頃合いを見計らい、またあらためて「借りは返してもらった」と伝えてみよう。

「えーっと……説明は以上だけど、もう働けそう？」

「はい。早く現場に出たいです」

「じゃ、働こっか」

やる気満々な水無月さんにエプロンを渡す。俺もエプロンを身につけて、ふたりで販売スペースへ。

売り場にいた母さんと接客を交代すると、俺たちはショーケースの後ろに立つ。

「……」

まっすぐに入り口を見つめる水無月さん。初仕事に気を張っている様子だ。せめて瞬きくらいしてほしい。

「もっとリラックスしたら？」

「緊張してるの、伝わりますか？」

「ひしひしと。とりあえず伸びをしてリラックスしよっか」

言われた通り、水無月さんが伸びをする。胸の膨らみが強調され、目が釘付け（くぎづ）けになってしまった。

「リラックスできました。……持谷くん、緊張してます？」

「な、なんで？」

「いつもと様子が違いますから」

「ま、まあ、多少は緊張するよ」

素直に理由を話せば嫌われかねないので誤魔化してみる。すると水無月さんは、どこか安心した様子で、

「よかったです。緊張してるのが私だけじゃなくて」

「あ、ああ。一緒に頑張ろうな」

「はい。頑張ります」

そう意気込み、また正面を見る。

無表情なのは相変わらずだが、多少はリラックスできたのか、雰囲気が柔らかくなっている気がした。

「こんにちはー」

ふいに引き戸が開き、お客さんが来た。五歳くらいの女の子を連れている。母親の手からパッと手を放すと、女の子がこちらに駆けてきた。

「わあっ！　すごーい！　お菓子がいっぱいだー！」

「きみ、和菓子が好きなの？」

俺が声をかけると、彼女は元気いっぱいにうなずいた。

「うん！　どら焼き食べたことあるよ！」

「どら焼きかー。アニメに出てるよね。それで好きになったの？」

「うん！　ドラちゃんがどら焼き食べてて、ママに食べてみたいって言ったらね、買ってきてくれたの！」

「そしたらこの娘、小豆にハマっちゃってね。それならってことで連れてきたの」

「そうだったんですね。どら焼きもあるけど、ほかにも美味しいのがいっぱいあるよ」

「今日はね、ぜんざい食べに来たの！」

ぜんざいかー。てことはイートインだな。

「こちらでお召し上がりということですね？」

「ええ。ただ、夕食前だし、この娘は小豆が好きなだけだから、ぜんざいのお餅抜きってできるかしら？」

「できますけど、値段は変わりませんが……」

「ええ、それでお願い。私は……そうね。あん団子とみたらし団子をいただこうかしら。それと……ちぃちゃんはなに飲みたい？」

「ジュースがいい！　オレンジジュースある？」

「うん、あるよ」

「じゃあオレンジジュースと、緑茶をいただこうかしら」

かしこまりました、と会計を済ませる。母親のほうは店を利用したことがあるようで、慣れた足取りで二階へ上がっていった。

さて、いよいよ水無月さんの初仕事だ。

さっそく仕事を振ろうとすると、彼女はわずかに頬を膨らませていた。

「どうしたんだ？」

「……持谷くんが全部話しちゃいました」

水無月さんも接客に加わりたかったらしい。

「まあ、最初だから手本を見せたってことで。お客さんに運ぶのはお願いするよ」

「任せてください」

「じゃあ作業場に行って『ぜんざいの餅抜きをお願いします』って母さんに伝えてきて。ジュースと緑茶もそっちにあるからお願い」

やる気満々にうなずき、作業場へ。

あん団子とみたらし団子を出して待っていると、水無月さんが緊張気味に戻ってきた。トレイにはぜんざいなどが載っている。そこに団子を置き、

「ひとりで行けそう？」

「行けます。私、バランス感覚には自信ありますから」

バランス感覚の心配はしてないのだが……。はじめての接客に不安を感じているのか、絶妙に会話が噛み合っていない。

最初は付き添ったほうがいいかもだが、飲み物と和菓子をテーブルに置くだけだ。水無月さんはしっかりしてるし、ちょっとくらい緊張してても問題ないか。

「じゃあお願いね」

「はい。では行ってきます」

水無月さんは背筋を伸ばしたまま階段を上がっていき——

「……」

うなだれて戻ってきた。

「なにかあった？」

「……子どもに怖がられてしまいました」

「あー……」

そう言われると、その光景が目に浮かぶ。

水無月さんは常にクールで無表情、笑うところなんか見たことない。それでも学校じゃ可愛いと評判だが、それは大人の価値観でしかない。

子どもは見知らぬ相手を『優しそうか』『怖そうか』で評価する。そして笑顔を見せた俺は前者、笑顔を見せない水無月さんは後者にカテゴライズされたわけだ。

「私の顔を見た瞬間、子どもの顔から笑みが消えました……」

「勘違いかもよ？」

「お姉ちゃん怖い、と言われました……」

子どもは思ったことをはっきり言うなぁ。

「まだ挽回(ばんかい)のチャンスはあるから。笑顔で見送ればいいだけだから」

「は、はい……。私、頑張ります」

子どもの様子が気になるのか、時折階段をチラ見しつつも、入り口にじっと目をやる。

新たなお客さんが来ることはなく、二〇分ほど過ぎた頃、先ほどの親子が下りてきた。

「ごちそうさま。美味しかったわ」

「ありがとうございます」

そう言って、水無月さんに目配せする。

すると彼女は、まっすぐに子どもを見た。視線が交わり、不安げな顔をする女の子に、水無月さんは口角をつり上げる。

大きな青い目をかっぴらき、頬をひくひくさせながら、

「今日は来てくれてありが――」

水無月さんが最後まで言い終える前に、女の子が母親のうしろに隠れてしまった。

がーん、という音が聞こえた気がした。

「ママ、もう帰ろう。パパ帰ってくるよ」

「そうね。また食べに来るわ」

「お待ちしています」

親子が店を出るのを見送り、隣へ目を向けると……水無月さんは、その場に座り込んでいた。

ガチへこみだ……。ここは先輩店員としてフォローせねば！

「だいじょうぶだって！　俺も昔は緊張で上手(うま)く笑えなかったから！」

力強く声をかけると、水無月さんが自信なさげにたずねてくる。

「私……やっぱり笑えてませんでしたか？」

「笑顔には見えなかったけど……水無月さん的には笑ってるつもりだったのか？」

「はい……。汚名返上のために、気合いを入れて笑いました……」

たしかに目を見開いてたし、気合いは感じられたけど……。

「ちなみに私、どんな顔でした？」

「あっちにトイレあるから、鏡で確かめて来なよ」

説明するより見たほうが早いだろう。……ていうか「ぶち切れ寸前の顔みたいだった」なんて女子には言えない。

水無月さんはトイレへ向かい、ややあってトボトボと戻ってきた。

「……どうだった？」

「……鬼の形相ってほどでは……」

「鬼の形相でした」

「いえ、あれはたしかに鬼でした……。持谷くんは、怖くありませんでしたか？」

「俺はべつに怖くないよ」

可愛い娘はどんな表情でもやっぱり可愛いしな。……まあ、五歳くらいの頃に見てたら怖がってたかもしれないが。

「ところで質問していい？」

「なんでしょう？」

「水無月さんって、昔から笑うのが苦手なのか？」

俺はてっきり緊張してるから笑えなかっただけだと思っていた。だけど水無月さんは「やっぱり笑えてませんでしたか？」と訊いてきた。それはつまり、最初から苦手意識を持っていたということだ。

「……すみません。実を言うと、昔から笑うのが苦手でして……私ももう高校生なので、少しは笑えるようになったと思ったんですが、悪化してました……」

「そっか……」

学年トップの成績を誇り運動部を上回る身体能力を持つ水無月さんに、できないことがあったとは。

意外といえば意外だが、納得できないわけじゃない。

笑顔は最高のコミュニケーションツールだが、彼女には不要なツールだ。水無月さんは『孤高の令嬢』なのだから。

他人との交流を避け、ずっと笑わずに過ごしたことで表情筋がガチガチになり、あんな笑顔になってしまったわけである。

「あの……私、クビですか？」

水無月さんは怯えるように言った。

「一度接客に失敗したくらいでクビにはしないよ。笑えないなら笑えるようにすればいいだけの話だしさ」

「そんなことができるんですか⁉」

予想以上の食いつきだ。すがるような目で見られ、俺は自信たっぷりにうなずいた。

「できるよ」

「だ、だったら私を持谷くんみたいに――」

言いかけて、水無月さんが黙り込む。

「……どうした？」

「な、なんでもありません」

「なにか言いかけてたけど……」

「忘れてください。……これ以上、借りは作れませんから」

察するに、上手く笑うための助言を求めようとしたらしい。けれど助けを求めるのは、借りを作るようなもの。だから口をつぐんだわけだ。

水無月さんの気持ちは尊重したい。

それでも、和菓子屋の息子としては、お客さんには笑顔で帰ってほしい。それに彼女を落ち込ませたままにはできない。

かといって、無理やり助言を聞かせると、強制的に借りを作らせたことになる。水無月さんに心置きなく頼ってもらうには……そうだ。

「水無月さんは、俺に一〇〇億の借りがあると思ってるんだよね？」

「はい」

「だったら俺を頼りなよ」

「なぜそうなるんですか……？」

「たとえるなら一〇〇億の借りが一〇〇億一〇〇〇円になるようなものでさ。すでに大きい借りがあるんだから、いまさら小さい借りを作ったところで誤差の範囲だろ？　だから、困りごとがあるなら、これからは俺を頼るといいよ」

　水無月さんはハッと目を開いた。どうやら心に響いたようだ。上目遣いに俺を見つめ、意を決したようにたずねてくる。

「どうすれば……どうすれば、持谷くんみたいに笑えるようになりますか？」

「簡単さ。面白かったときのことを思い出せばいいよ」

　生きていれば面白かったことのひとつやふたつある。その記憶を呼び覚ませば、笑顔を引き出すことができるはずだ。

　いわゆる『思い出し笑い』である。

「面白かったときのこと……」

　そう言ったきり、水無月さんは黙り込んでしまった。

「えっと……ないのか？」

「いえ、あるにはあるのですが、笑えるようなことではなく……」

「そっか。ちなみになにを思い出した？」

「ミステリー小説の伏線回収シーンです」

　面白さの種類が違う……！

一瞬冗談かと思ったが、彼女は冗談を言うようなタイプじゃない。彼女なりに頑張って面白い思い出を考え、やっと思いついたのが小説の伏線回収シーンだったのだ。

……どうしよう。

「私は笑えないのでしょうか……」

くすぐったら笑ってくれるだろうか。いや、俺が笑えないことになってしまう。

こうなったら笑える思い出を作ってあげる必要があるな。

「水無月さんってさ、このあと時間ある？」

「あります」

「だったら俺の家に来てくれないか？　笑えるようになる練習をしたいんだ。もちろん、嫌なら断ってくれていいんだけど……」

「伺います」

よほど笑えるようになりたいのか、水無月さんは迷うことなく応じてくれた。

◆

一八時を過ぎ、店が営業を終えると、俺たちは和菓子屋をあとにした。

「認めていただけてよかったです」

「戸惑ってはいたけどな」

認められたのはボランティアだ。給料を払う気満々だったうちの両親は、水無月さんのボランティア宣言に驚いていた。

高校生ともなれば行動範囲がグッと広がり、遊びや外食なんかにお金を使うことが多くなる。それが女子なら洋服代なり美容代なりでさらに出費がかさむ。

なのに給料はいらないと言われたのだ。人件費がかからずに済むのは大いに助かるが、息子のクラスメイトをただ働きさせるのは気が引けるようで、

「本当にいいのかい？」

「気を遣わなくていいのよ」

と説得を試みるも、水無月さんの強固な決意は崩せない。

彼女は自分が資産家の娘であることを語り、社会勉強をさせていただけるのであれば、むしろこちらがお金を払いたいくらいだと言い始めた。

このままでは本当にお金を払いかねない――。短い会話で水無月さんがいかに頑固かを察したのか、ボランティアとして働くことを認められたのだった。

「持谷くんのお家は近いんですか？」

隣を歩きながら水無月さんがたずねてくる。

和菓子屋を出て、かれこれ一〇分は歩いている。商店街をあとにした俺たちは、右手の歩道をまっすぐに進み、横断歩道を左折して、そのまま直進しているところだ。

「そろそろ着くよ」

三つ目の角を曲がり、住宅地に入る。そこから二ブロック進んだところに、オレンジの外壁が特徴的な家が佇(たたず)んでいた。

「ここが俺の家だよ」

「可愛い色のお家ですね」

「塗り立ての頃は明るすぎて、ちょっと恥ずかしかったけどな。色あせて良い感じに落ち着いたんだ」

言いつつ、財布から鍵を出す。玄関のドアを開け、水無月さんを招き入れる。

「遠慮せず入って」

「お邪魔します」

小窓から差し込む夕日で、屋内までうっすらとオレンジ色に染まっている。家族は全員出払っているので廊下の明かりは消しているが、その向こうには薄明かりが見えた。

「明かりがついてますね。家族がいるんですか？」

「犬がいるよ」

帰宅を察知したのか、きゃんきゃんと鳴き声が響いた。普段は無駄吠(むだぼ)えしないのだが、お客さんが珍しいのか、ずいぶん吠えている。

「私、警戒されているのでしょうか？」

「たぶん散歩に行きたいんだと思うよ」

父さんたちは閉店後も仕事がある。以前は夕食を食べに一度帰宅していたが、俺が自炊できる歳になった頃から、夕食は店で済ませるようになった。

帰宅は二〇時過ぎなので、平日の朝以外は俺が散歩に連れていくようにしている。

「散歩はいいんですか？」

「水無月さんがいるし、散歩にはあとで行くよ」

「わんちゃんに借りを作ることになりますね」

そのルール、犬にも適用されるのか……。あと『わんちゃん』呼び、可愛いな。

「気にしなくていいけど」

「そうはいきません。我慢を強いるわけですから。わんちゃんのお名前は？」

「パグのモナカ」

「美味しそうな名前ですね。ではモナカさん、少しのあいだ持谷くんをお借りしますね。この借りは、必ず返しますから……」

廊下に向かって、水無月さんが淡々と語りかける。

「借りを返すって、どうやって？」

「小型犬用のおやつを買おうかと」

可愛いお返しだ。命を救ったわけじゃなければ、俺も菓子折で済んだんだろうな。

まあ、なんだかんだで一〇〇億から店の手伝いに落ち着いたし、少し手がかかるけど、水無月さんと働けるのは嬉しかったりするのだが。

「ありがと。モナカも喜ぶよ。じゃ、こっちだから」

薄暗い階段を上がり、部屋に入って明かりをつける。

一〇畳ほどの板張り部屋だ。学習机にベッド、漫画棚にテレビなどがある。

女子を部屋に上げるのははじめてじゃないけど、小学生の頃の話だ。学校のアイドルが部屋にいる現実離れしたシチュエーションに、気分が高揚してしまう。

「そこ座って」

俺が意識していると知れば、よけいな緊張をさせかねない。平静を装って指示すると、彼女は座布団にお尻をつけた。その隣にあぐらをかき、テレビのリモコンを操作する。

「あの、これからなにを？」

「お笑いの動画を見ようかと」

「なるほど。それは名案ですね。お笑いの方は、笑わせるのがお仕事ですから。お笑いの動画を見れば笑えるに違いありません」

笑わない前振りみたいだ……。

先行き不安になりながら、動画配信サイトから良さげな番組を探す。

まずは……これにしようかな。

年に一度の笑いの祭典だ。オープニングトークがめっちゃ長いのでそこは飛ばしつつ、一組目の登場シーンで再生開始。

「いったいどんなお笑いが飛び出すのでしょう……」

長いまつげに縁取られた瞳で、食い入るようにテレビを見る。

一組目は、ハイテンション芸人として最近バラエティ番組に引っ張りだこの漫才師だ。ボケとツッコミの応酬がハイテンポで繰り広げられ、その勢いに笑わずにはいられない。

あっという間に漫才が終わり、動画を一時停止する。

「どうだった？」

「すごく早口なのに嚙まずに言えるなんてすごいです。たくさん練習したんでしょうね」

うーん、だめか。感心はしてるっぽいけど、いつもの見慣れた表情だ。勢い任せの漫才では彼女を笑わせることはできないみたい。

だったら次だ。何組か飛ばして、目当ての漫才師が出てきたところで再生スタート。

「とても強面な方ですが……お笑いの大会に出るくらいです。話芸が認められ、ここまで勝ち進んできたんでしょうね」

水無月さんは期待している様子。

ちなみに、こちらは伏線回収を得意とする漫才師だ。伏線回収の盛り上がりはお見事と言うほかない。水無月さんもお腹を抱えて笑うはず！

そう期待していたが……

「なるほど。序盤の掛け合いはこのためだったんですね……」

感心するだけで、表情は崩れなかった。

イチオシの漫才師だったんだけどなぁ……。でもまあ笑いのツボはひとそれぞれだし、順序が逆になったけど、まずは水無月さんの笑いのツボを確かめたほうがよさそうだ。

そのためには――

「なんでもいいから面白い話をしてみてよ」

「面白い話、ですか……」

水無月さんが面白いと思える話。それを参考にすることで、彼女の笑わせ方も思いつくはず。

そうですね……、としばらく考え込み、なにか思いついたのか、彼女は口を開いた。

「目から鱗という諺がありますが、ヘビは脱皮の際、本当に目から鱗を落とすそうです」

「へー」

「シロクマの毛は、実は透明だそうです」

「そうなんだ」

「キリンは一日に二〇分しか寝ないそうです」

「ためになるなぁ。……ところでこれ、面白話じゃなくて面白雑学じゃない？」

「これが私の精一杯です……」

面白話ができず、水無月さんはしょんぼりしている。拗ね顔だったり、困り顔だったり、落ち込み顔だったり、意外と表情は豊かなんだよな……。

「もう打つ手なしですか？」

他人に借りを作りたがらない水無月さんが、こんなに頼ってくれてるんだ。なにがなんでも笑わせたい。

「できれば自然な笑顔が理想だけど、まずは形から入ったほうがいいかもな」

水無月さんは、きょとんと小首を傾げる。

「というと？」

「指を使って、笑顔を作ってみるんだ」

まずは顔に笑顔の形を叩き込む。その表情をキープできるようになれば笑顔の完成だ。

……まあ『笑顔だけど目の奥は笑ってない』ってことにはなるけども。

「では私の顔をいじってください」

「え、俺が？」

「自分では笑顔かどうかわかりませんから」

「水無月さんの顔に触ることになるんだけど……」

「持谷くんに触られるのは、嫌じゃないですよ。あなたの手は、私の命を救ってくれた手ですから」

そうは言うが、恥ずかしさはあるようだ。指先を頬に近づけると、緊張するのか彼女はわずかに顔を強ばらせ、伏し目がちになった。

爪を立てないようにそっと触れると、ふにっとした感触が。柔らかくて、すべすべしていて、頬を摘まむと、もちっとしていた。

いつまでも触れていたい極上の感触だが……水無月さんは恥ずかしそうだ。早く笑顔を作らないと。

ぷにっとした頬を指で持ち上げ、無理やり笑顔を作らせる。

「よし、できた」

「ふぁりふぁふぉうふぉふぁいふぁふ」

「ぷっ」

俺が笑ってしまった。

水無月さんの顔が、かあっと赤くなる。

「ふぉ、ふぉうふぃふぇ――ど、どうして笑うんですかっ」

「しゃべったら面白い顔になって」

「男の子に面白い顔だと言われたのははじめてです……」

水無月さんは少し唇を尖(とが)らせて、拗ねたようにぼやいた。その表情が子どもっぽくて、またおかしくなってしまう。

「も、もうっ。どうして持谷くんばかり笑うんですか」

「ごめんごめん。水無月さん、けっこう子どもっぽいんだなって」

学校ではクールだが、あれは他人を寄せつけないための演技。長く演じ続けたせいで笑えなくなってしまったが、中身はべつにクールじゃない。大人びていると思っていたけど、素の彼女は幼さすら感じさせる女の子だった。

「そんなこと言うの、持谷くんだけです……」

頬を膨らませる仕草もまた子どもっぽく……。『孤高の令嬢』を身近に感じ、悪戯心(いたずらごころ)が

働いて、もっとからかいたくなってしまう。

距離感を間違えると機嫌を損ねるかもなので、実行には移せないけども。

さておき、家にまで来てくれた水無月さんのためにも笑顔を引き出したいところだが、窓の向こうは真っ暗だ。モナカの鳴き声も響いてるし、そろそろ散歩に連れていかないと近所迷惑になってしまう。

「ごめん。モナカを散歩に連れていかないとだから、続きはまた今度でいい？」

「はい。また今度お願いします」

からかわれたのは気にしてないのか、水無月さんはいつもの調子でそう言った。

ふたりで部屋を出ると、階段は真っ暗になっていた。ひとまず明かりをつけつつ、

「水無月さんの家って、この辺？」

「赤桐（あかぎり）駅の近くです」

「うちから歩いて一五分くらいか。散歩ついでに送ろうか？」

「ご心配なく。道順は覚えてますし、普段の散歩コースからズレると、モナカさんも落ち着かないでしょうから」

実際、モナカは散歩コースにこだわりがある。俺がまっすぐ進もうとしても右に曲がりたがるだろう。

「わかった。じゃ、横断歩道までは送るよ。そこまでは散歩コースだから」

そういうことでしたら、と水無月さんは受け入れてくれた。

彼女には玄関で待っててもらい、リビングのドアを開ける。するとモナカがダッシュで廊下に飛び出した。そのまま水無月さんのもとへ駆けていき——

「ひゃあっ！」

足に抱きつき、黒タイツに顔を押しつける。

モナカはかなり人懐こい。子犬の頃から道行く人に撫でられたことで、いまでは自分のほうから撫でられに行こうとするほどだ。

噛みついたりはしないけど、タイツ越しとはいえ足を舐められるのは嫌だろう。

「ごめん、すぐに引っぺがすから……」

言いかけて、息を呑む。

水無月さんが、わずかに頬を緩めていたから。

くすぐったいだけかもと思ったが……その場にごろんと寝転がったモナカのお腹を撫でながら、目元を優しく緩ませている。子どもを見守る親みたいな優しい表情だ。

「……水無月さんってさ、犬が好きなのか？」

「はい。わんちゃんもですけど、動物全般が好きなんです」

そういえば、さっきの面白雑学も全部動物絡みだったな。

動物図鑑や動物番組を好み、自然と身についた知識なのかも。

「気づいてないかもだけど、頬が緩んでるぞ」

「え、頬が？」

パッと頬に手を当てる水無月さん。その頃には、頬の緩みは消えていた。モナカを撫で、無意識のうちに頬が緩んでいたのだろう。

「私、笑えてたんですか？」

「笑えてたってほどではないけど……優しい顔をしてたよ」

「そうですか……。私にも、そんな顔ができるんですね」

反応的に、どうやらペットは飼ってなさそうだ。日常的にペットと触れ合っていれば、さすがに頬の緩みにも気づくはず。

なんにせよ、いまみたいな表情で接客できれば、今日みたいに怯えられることはない。

ただ、いまの表情はモナカが引き出したものだ。そして接客の場にモナカを連れていくことはできない。衛生的にも問題があるし、犬が苦手なお客さんもいるから。

それでも……本物の犬じゃなくても効果があるのなら、やりようはある。成功するかはわからないけど、さっそく明日試してみよう。

そうと決まればあとで買い物に行かないと。

「モナカさんには借りができましたね。お礼に、もうひとつおやつを追加します」

嬉しそうに吠えるモナカにリードをつけ、俺は水無月さんと家をあとにしたのだった。

◆

翌日。その日も学校では水無月さんは話しかけてこなかった。見慣れたクールな表情で孤独な時間を過ごしている。

ただ、いつもと違うところもある。読んでいるのが小説から和菓子の歴史本に変わっているのだ。仕事のために知識を身につけているのだろう、彼女のまじめさがよくわかる。

きっと内心では和菓子について俺に質問したがっていることだろう。あるいは、笑えるようになるレクチャーを受けたがっているかもしれない。

それでも話しかけてこないのは、俺に気を遣っているからだろう。

いままで誰とも話さなかったのに急に俺とだけ話し始めれば変に勘ぐられてしまう――そう思い込み、俺がいままで通りの高校生活を送れるように、学校にいるときは話しかけないようにしているわけだ。それが証拠に――

「帰り道、ご一緒してもいいですか？」

放課後になり、人通りの少ない歩道に差しかかると、水無月さんが追いかけてきた。

いいよ、と告げると、彼女はどこか軽やかな足取りで俺の隣に駆けてくる。

「持谷くんは、これからお仕事ですか？」

「仕事だよ。水無月さんは……今日も店に？」

「もちろんです」

「予定があるなら無理しなくていいけど——」

「予定はありません。私、今日も頑張ります」

彼女のやる気に水は差したくない。

それに、まだ勤務二日目だ。借りを返してもらったと説得できるほどの活躍は、現時点では見せてもらっていない。

じゃあ行こうか、と水無月さんを伴って商店街へ向かう。

横断歩道に差しかかり、信号が変わるのを待っていると、遠慮がちに切り出してきた。

「実を言うと、持谷くんに見せたいものが……」

「見せたいもの？」

「はい。昨日、帰ってから笑顔の練習をしてみたんです。これなんですけど……」

自信なさげにスマホを見せてくる。

画面には、水無月さんの自撮り写真が表示されていた。

バストアップ写真なので全体像はわからないが、パジャマ姿だ。普段お目にかかれないラフな格好に、思わず目が釘付けになる。

めっちゃ可愛い……。

「どう思いますか？」

「そ、そうだな……可愛いパジャマだと思うよ」

「えっ？」

水無月さんの頬が薄く赤らんだ。

画面を隠すようにスマホを大きな胸元に押しつけ、

「そ、そっちではなく、顔です。パジャマは、その……男の子に見られるのは恥ずかしいので、あまり見ないでください」

「あ、ああ、ごめん。顔だけ見るようにするよ」

顔に注目したところで、俺の感想は『可愛い』なのだが……。しかし、さっきは服装のインパクトに気を取られて見落としてしまったが、よく見ると画面のなかの水無月さんは目を細めていた。

そういえば笑顔の練習をしてみたって言ってたな。てことはこれ、笑顔なのか。

「これ、笑えてますかね？」

「うーん……正直言うと、ちょっと微妙だな」

昨日接客で見せた顔よりはマシだけど、目を見開いているか細めているかの違いでしかない。ぶっちゃけ老眼のひとみたいだ。

「あと、目線がおかしくない？」

「ええ、それは――」

信号が青に変わり、ひとまず歩き出す。

「――それは、わんちゃんの動画を見ながら撮ったからです」

ああ、それでか。

「昨日、持谷くんが褒めてくれたから、わんちゃんを見れば上手に笑えると思ったんですけど……」

「実際に触れ合わないと、あんな顔はできないってこと？」

「だと思います」

「そっか……」

まあ、動物って画面越しに見るのと実際に触れ合うのとじゃ可愛さが段違いだもんな。

水無月さんを笑顔にするために策を練ったが、こうなると作戦は失敗だ。

肩を落とす俺に、水無月さんが気遣わしげに言う。

「がっかりさせてしまいましたか……？」

「ああいや、がっかりっていうか……水無月さんが笑えるようにあるものを用意したんだけど、役に立ちそうにないなって」

「あるもの？」

「ああ。これだよ」

歩きながら、カバンを漁る。

そこから取り出したぺらぺらのシートを見て、水無月さんが目を丸くした。

「それって……」

「見ての通り、動物シールだよ。これを手に貼れば、接客しながらでも昨日みたいな顔ができるかもって」

「……私のために、わざわざ買ってきてくれたんですか？」

「水無月さんを落ち込ませたままにはできないからな」

「そうですか……本当にありがとうございます。私、お店の利益が増えるように頑張って接客します！」

　店のために頑張ってくれるのは嬉しいが、水無月さんは気を張っている。やる気があるのはいいことだけど、気負いすぎるとますます笑顔から遠ざかりかねない。

かといって「そんなに頑張らなくていい」と告げたところで、まじめな彼女のことだ。店に貢献するために、笑顔で接客しようと必死になるに違いない。

　だったら……

「水無月さんには店のためじゃなく、自分のために笑えるようになってほしいんだ」

　店ではなく自分のためなら、プレッシャーも多少は薄れるだろう。

「私のため……ですか？」

「ああ。俺の勘違いかもしれないけど、水無月さんって元々笑えるようになりたかったんじゃないかなって」

　水無月さんは戸惑うように目を見開く。

「持谷くん……心が読めるんですか？」

「読めないよ。ただ笑顔に苦手意識を持ってたってことは、笑おうとしたことがあるってことだから。まじめな水無月さんのことだし、苦手なことをそのままにしておくのは抵抗あるんじゃないかなと思ってさ」

どうやら予想は的中したらしい。彼女は「私のことをよく見てるんですね」と感心したようにつぶやき、

「持谷くんの言う通り、前々から笑えるようになりたいとは思ってました」

笑えるに越したことはないが、水無月さんは他者との交流を避けている。この先ずっとひとりで過ごすつもりなら、笑顔を身につける必要はない。

それでも笑えるようになりたかったってことは……

「水無月さんって、ほんとは他人と触れ合いたいのか？」

「将来的には触れ合いたいと思っています。私もいつかはお父さんのようにボランティアしたいですから」

「いまのままじゃできないってこと？」

「できなくはないですが……笑えないのに被災地に行けば、ただでさえ不安な思いをしている方々を、ますます不安にさせてしまうかもしれませんから……」

ですが、と真剣な目を向けてくる。

「ひとりで過ごすのが嫌なわけではありませんし、お父さんの教えに嫌々従っているわけではないので、そこは勘違いしてほしくありません」

「わかった。俺もお父さんの教えを否定する気はないよ」

俺としても、ぼっちはつらいに違いないと決めつけるつもりはない。

日本は娯楽に溢れてるし、ひとりだろうと人生を楽しんでいるひとはごまんといる。

それに『他人に借りを作るべからず』は、言い換えれば『他人に迷惑をかけるな』とも解釈できるし、立派な心がけではある。

借りを作ればよけいなトラブルに巻き込まれる怖れもあるし、教えに関しては否定するつもりはない。ただ、

「水無月さんのお父さんは、『他人と関わるな』とは言ってないよな？」

ほかならぬ彼女の父親がボランティア活動をしているのだ。それも草むしりやゴミ拾いなどではなく、被災地に出向いているらしい。

さっき水無月さんが言ったように、被災地に出向けば被災した人々と関わることになるはずだ。なのに娘に『他人と関わるな』と教育するとは思えない。

「そうは言われてませんけど……そうでもしないと借りを作ってしまうんです。昔から、私の周りには多くのひとが集まってきましたから」

水無月さんは美少女だ。子ども時代は天使のように可愛かったに違いない。

おまけに資産家の娘でもある。良い意味でも悪い意味でも、多くの人々が寄って集ってチヤホヤしようとしただろう。

「みんなに助けはいらないと知ってもらうために、毎日遅くまで勉強しましたし、運動も頑張りました。休み時間は小説を読んで、『ひとりでも平気だぞ』と周りにアピールしてきました」

その結果『孤高の令嬢』が生まれたわけか。

「いままで借りを作ったことはないのか？」

「いえ、そういうわけでもありません。小学一年生の頃に、一ヵ月だけ六年生のお世話になりました」

「あー、お世話係か。うちの学校でもあったよ」

先生だけでは手が回らないため、早く学校生活に慣れるように六年生が一年生の世話を焼くのだ。

「もちろん、借りを作りすぎないように早く学校に慣れようと努力しましたし、本来ならお礼の手紙を書くだけですが、私は折り紙を添えました。花が好きだと聞いていたので、お花を折ったんです」

六年生にとても喜ばれたのか、水無月さんは借りを返しきったと満足しているようだ。

「転校したので学校は変わりましたが、小学六年生の頃、今度は私が新一年生のお世話をすることになりました。そこで学校生活を楽しんでもらうため、一年生を安心させようと笑顔で話しかけたのですが……」

「……怖がられた？」

水無月さんは顔を曇らせ、小さくうなずいた。

「もちろん笑えるようになろうって鏡の前で練習はしました。ですが上手くいかず……。そのときに知ったんです。私は笑うのが苦手だって」

「そっか。水無月さんは正直な性格なんだな」

つらそうにうつむいていた水無月さんはゆっくりと顔を上げ、戸惑うように俺を見る。

「正直な……?」

「ああ。水無月さんは感情に正直で、表情を装うのが苦手なタイプなんだと思う。だから作り笑いができないんだ」

子どもの頃は誰しもそういうものだ。成長するにつれて、感情に関係なく表情を作れるようになる――楽しくないのに笑顔を作ったり、怒っているのに冷静な顔を作れるようになるが、それは円滑なコミュニケーションを取るために身につける技術。

他人との関わりを絶っていた彼女は、その技術を身につけないまま成長した。それゆえ表情を装うことができないのだ。

「不器用ですみません……」

「べつに責めてるわけじゃないから。むしろ安心したよ。自分の感情に正直ってことは、感情次第ではちゃんと笑えるってことだから」

「感情次第で……」

「そう。感情次第で」

実際、水無月さんは困ったときは困り顔になり、不満なときは拗ね顔になる。だったら嬉しいことや楽しいことを経験したり、昨日みたいに好きなものと触れ合うことで自然と頬が緩み、いつかは満面の笑みを見せてくれるはずだ。

「そして笑えるようになるためにも、うちの店を大好きになってほしいんだ。そしたら、和菓子がひとつ売れるだけで嬉しくなって、自然と笑えるようになるはずだよ」

俺に女子を楽しませるスキルがあれば手っ取り早いが、そんな技術は持ってない。

それに水無月さんは、好きで他人を遠ざけているわけじゃなかった。

だったら普段はできない人付き合いをさせるためにも、恩返しできたと満足してもらうためにも、まずは和菓子屋の仕事を楽しんでもらい、その過程で笑顔になってもらうのが理想的だ。

「笑えるようになるまで、持谷くんに迷惑をかけることになりますが……」

「俺は迷惑だとか思わないから。仕事を手伝ってくれるだけで大助かりだしさ。それに、個人的にも水無月さんの笑顔が見たいんだよ」

水無月さんが、目をぱちくりさせる。

「私の笑顔、そんなに見たいんですか？」

「そりゃね。ちょっと頬を緩めただけで、あんなに魅力的だったんだから。笑顔を見せてもらえたら本当に嬉しいよ」

「そ、そうですか……そんなに魅力的でしたか……」

水無月さんは足を止め、うつむいてしまう。

まずい。プレッシャーになってしまったかも。笑顔を見せてもらえたら嬉しいなんて、まるで急かしてるみたいじゃないか。

謝ろうと口を開きかけたところ、水無月さんが顔を上げた。

色白の肌がわずかに紅潮しているが、怒っているわけではなさそうだ。それどころか、嬉しげに目元を緩めている。モナカがいないのにこんな顔をするなんて……

「……その動物シール、役立ちそう？」

うつむいているときにシールを見ていたし、ほかに理由が思いつかない。

水無月さんはうなずき、宝物みたいにシールを胸に抱く。

「はい。素敵なシール、ありがとうございます」

「べ、べつにたいしたことじゃないって」

「そんなことありません。こんなに心のこもった贈り物ははじめてです。命を助けていただいたので、わかってはいましたが……持谷くんは、本当に優しいんですね」

「ま、まあ、気に入ってもらえたのは嬉しいけど……」

ただでさえ多くの男子を虜にする可愛さなのだ。緩んだ表情で見つめられたら、嫌でもドキドキしてしまう。

これで水無月さんに惚れてみろ。それを彼女に悟られてみろ。下手すればふたり揃って仕事に集中できなくなってしまうぞ。

お互いに気持ちよく働くためにも、好意を抱かないように気をつけないと。

「と、とにかく、効果があるといいな」

「はい。持谷くんにいただいたシールで、ぜったいに笑ってみせます」

そう言って、水無月さんは大切そうにシールをカバンに入れた。

それから歩みを再開する。

商店街に入り、裏通りに差しかかり、和菓子屋にたどりつき……店に入ると、母さんが笑顔で出迎えてくれた。

「あら、今日も来てくれたのね」

「ご迷惑にならないように頑張ります」

「本当に助かるわ～。お給料、欲しくなったら遠慮なく言ってね」

はい、とうなずいた水無月さんと従業員用の休憩スペースへ。テーブルにカバンを置き、エプロンを身につけていると、彼女はシールとにらめっこしていた。

「どれにするか迷います……」

百均ということもあって、いろんなシールを買ってきた。動物全般が好きらしいので、これはかなり迷うだろう。

「先に行ってるから、ゆっくり選びなよ」

そう告げて、一足先に販売スペースへ行く。母さんと接客を交代すると、ちょうどそのタイミングで引き戸が開いた。

「こんにちはー」

やってきたのは昨日の親子だった。幼稚園のお迎えから直接来たのか、女の子は可愛い制服に身を包んでいる。

「いらっしゃいませ。また来てくれたんですね」

「ええ。この娘ったら、ぜんざいが気に入ったみたいで。今日はお遊戯でたくさん身体を動かしたから、夕食まで待てないみたいなの」

「そんなに美味しかったの？」

「うんっ！ 甘くて美味しかった！」

「そっか〜。すごく嬉しいよ。ぜんざいは、今日もお餅抜きですか？」

「ええ。私はあん団子とみたらし団子をお願いするわ。あとは緑茶と……」

「オレンジジュース！」

「昨日と同じですね」

女の子が待ち切れなさそうにそわそわするなか、会計を済ませる。

そのとき、水無月さんが出てきた。話し声が聞こえていたのか、子どもに気づいていたようで、すでに顔を強ばらせている。

そんな彼女を見た途端、子どもの顔から笑みが消えた。母親の手をぎゅっと握り、警戒するように水無月さんを見る。

頑張れと内心エールを送っていると、水無月さんは右手の甲に視線を落とす。それから顔を上げ、俺をチラリと見た瞬間、強ばっていた顔がふっと緩み――

「いらっしゃいませ」

水無月さんは、柔らかなほほ笑みを浮かべた。女の子と目線を合わせるようにしゃがみ込み、優しい眼差し（まなざし）で話しかける。

「今日もぜんざいを食べに来てくれたんですか？」

女の子は、こくりとうなずいた。小さな手で制服の裾をぎゅっと掴（つか）み、身体をもじもじ揺らしながら、

「うん。だって、ぜんざいね？　甘くて美味しいもん」

「そうですか。ぜんざい、甘くて美味しいですよね。すぐに用意しますね」

優しく語りかけられて、すっかり警戒心が解けたようだ。女の子はぱあっと笑った。

「うんっ！　ありがとう、お姉ちゃん！」

嬉しげにお礼を言うと、母親とともに二階へ上がっていく。

そしてふたりの姿が見えなくなると、水無月さんはこちらへ駆け、ショーケース越しに声を弾ませた。

「私……私、怖がられませんでした！　持谷くんのおかげです！　あ、ちなみにシールはこれにしてみました！」

興奮気味に手の甲を見せてきたが、彼女がどのシールを選んだのかはわからなかった。俺の視線は、彼女の顔に釘付けだから。

満面の笑みと呼ぶにはほど遠いが……水無月さんの柔らかなほほ笑みは、思春期男子を惚れさせるには充分すぎるほどの破壊力を秘めていた。

《 第二幕　令嬢は宣伝したい 》

看板落下事故から数日が過ぎた。

土曜日の朝九時過ぎ。ベッドに寄りかかって恋愛ドラマを見ていると、インターホンが鳴った。

「……誰だろ？」

今日は宅配含め、来客の予定はない。新聞勧誘ならこのまま視聴を続行したいけど……聞こえたのに居留守するのも悪いので、ドラマを一時停止して部屋を出る。

リビングへ向かうと、モナカがソファに寝そべり、いびきをかいていた。そろそろ散歩する時間だが、先にドラマを見終わりたい。起こさないよう静かにドアホンへ向かうと、モニターには見知った女子が映っていた。

水無月（みなづき）さんだ。

ワンピースにケーブル編みカーディガンを合わせた姿で、手にはトートバッグを持っている。

私服姿を見るのははじめてだ。相変わらず可愛（かわい）いが、自分じゃわからないのだろうか。水無月さんはしきりに前髪をいじっている。そんなことしなくても一〇〇点満点の可愛さなのに。

さておき、こういう姿はあまり他人に見られたくないものだ。ドアホン越しに話しかけたら『見られていたのか』と恥ずかしがらせてしまうかも。

　そんなわけで玄関へ。

　ドアを開けると、水無月さんはサッと髪から手を遠ざけ、すまなそうな顔をする。

「朝早くにすみません。寝起きでしたか？」

「起きてたよ。ドラマ見てたから出るのが遅くなったんだ。……とりあえず、上がる？」

「ではお邪魔します」

　水無月さんは遠慮がちに家に上がる。そのまま二階へ連れていき、

「……あ」

　部屋に入るなり、彼女は目を見開いたまま硬直した。色白の肌がじわじわと赤くなっていく。

　どうしたんだろ……、と視線を追いかけると、ドラマが男女のベッドシーンで一時停止されているぅ⁉

　すぐさまテレビの電源を消す。

　ちらりと見ると視線が交わり、気まずそうに目を逸らされた。

「す、すみません。変なタイミングでお邪魔してしまったようで……」

「ち、違うからっ！　健全なやつだからこれっ！」

「高校生でも借りられる、えっちな動画……という意味ですか？」

「違くて！　年齢制限とかないただの恋愛ドラマだからっ！」

なんて必死に否定してみたが、逆に怪しかったかも。水無月さんに変態だと思われたらどうしよう……。

「そ、そうでしたか……。ドラマなのに取り乱してしまい、すみませんでした」

よかった。普通のドラマだと信じてもらえたみたいだ。

「い、いや、俺こそ変なの見せてごめん」

「いえ、突然押しかけた私に非がありますから……よければ続きを見ても構いませんよ」

「さすがにあとで見るよ……」

これ以上ドラマの話はしたくない。

俺は咳払い(せきばらい)すると、用件をたずねた。

「それで、どうして家に?」

「実は先ほどお店のほうに伺ったのですが、シャッターが下りてまして……。開店時間はいつ頃でしょうか?」

「一〇時だよ。父さんたちはもう店にいるけどな」

「そうなのですか? シャッターが下りていたので、てっきりご在宅なのだと」

「ふたりは裏口から入ってるんだ」

「なるほど、そういうカラクリでしたか」

「通路狭いから、裏口があるなんて思わないよな。……ところで、土日も働くのか?」

「ご迷惑でしたか?」

「全然。むしろ助かるけど……でも、あまり無理してほしくないってのが本音だよ」

平日の勤務時間は二時間弱と短いが、その前に授業を受けているわけで……。一日頭を酷使したあとに働けば、一日二時間弱とはいえ疲れは溜(た)まる。平日元気に働くためにも、休日はのんびり過ごしてほしい。

「無理はしてません。むしろ働きたいくらいです。最近は仕事中が一日で一番楽しい時間ですから」

そう語る水無月さんは表情を和らげ、楽しげな雰囲気を醸し出している。

表情を装えない彼女がこんな顔をするってことは、本心から仕事を楽しんでいるということだ。

動物シールを見ずにこんな表情ができるようになったのだ。これが仕事のおかげなら、休ませるのは彼女から楽しみを奪うようなもの。休んでほしい気持ちもあるが……

「だったら今日も働いてもらおうかな」

「はい。頑張ります。……ところで、持谷(もちや)くんは今日はお休みですか？」

俺抜きで働くのはまだ不安なのか、水無月さんは寂しげにたずねてきた。

水無月さんと過ごすか、ドラマを見て過ごすか――。そんなの天秤(てんびん)にかけるまでもないことだ。

「俺も働くよ。昼食を済ませてからな」

学生の本分は勉強だ。母さんにそう言われ、休日は昼以降から手伝うようにしている。

けっきょくは勉強せずにドラマを楽しんでいたわけだが。

　昼からですか……、と独りごち、水無月さんはどこか甘えるような声で言う。

「それまで、ここにいてもいいですか？」

　歩いて二〇分もかからないとはいえ、一度家に帰るのは面倒だろう。

　いいよ、とうなずくと、水無月さんは嬉しげに頰を緩めた。その飾り気のない魅力的な表情に、思わず見とれてしまう。

　俺はもうすっかり彼女に惚れている。気持ちを悟られると気まずくなってしまうので、顔に出さないように気をつけてはいるが。

　ともあれ話がまとまり、なにして時間を潰そうかと考えていると、鳴き声が聞こえた。

　モナカが目覚めたようだ。

「ごめん。モナカを散歩に連れてかないと」

「では、ご一緒していいですか？」

「そうしてくれると助かるよ」

　なにかされるとは思ってないが、水無月さんを家に置いてはいけない。

　ふたりでリビングに入ると、モナカが俺の足にしがみついてきた。じゃれつかれるのを期待してたのか、水無月さんはちょっぴり残念そうに唇を尖らせる。

　その場にしゃがんで手を叩き、モナカの気を引こうとするも、俺の足から離れない。

「モナカさん、こっちに来てくれませんね。先日はあんなに懐いてくれたのに……」

「こないだとは匂いが違うからかもな」

「匂い、ですか？」

「モナカは汗の匂いが大好きなんだ」

「なるほど、汗の匂いですか。そういえばあの日は体育が……」

急に黙り込む水無月さん。じわじわと頬を赤らめていき、

「そ、それって、先日は汗臭かったってことですか？」

「ああいやっ、そういう意味じゃなくてっ！　あくまで犬の嗅覚レベルの話だからっ！　めっちゃ良い匂いしてたからっ！」

「そ、そうですか。……持谷くんにそう言われると、喜んでいいような気がします」

彼女が落ち込まずに済んで一安心だ……。胸を撫で下ろし、散歩の準備を済ませると、俺たちは晴れ渡る外に出た。

「モナカさん、元気いっぱいですね」

「昔から散歩が好きだからな」

「道は覚えてるんですか？」

「覚えてるよ。もう何年も同じルートを通ってるし。……リード持ってみる？」

「持ってみたいです！」

羨ましそうに手元を見ていたのでたずねてみたが、思ってた以上に散歩してみたかったみたいだ。

水無月さんにリードを渡すと、彼女はそれをぎゅっと握りしめ――

「ひゃっ」

突然モナカが駆け出して、前のめりになってしまう。咄嗟に片腕で抱きとめると、手に柔らかな感触が！

パッと胸から手を離し、俺もリードを握りなおす。

「ご、ごめん！」

「い、いえ、こちらこそ非力ですみません……」

水無月さんが頰を紅潮させている。

彼女の胸に触れたのはこれが二度目だ。一度目はクールフェイスだったが、あのときは直後に看板を見たからなぁ。衝撃的で気にするどころじゃなかっただけで、胸に触られて平気な女子などいるわけがない。

実に気まずい……。

そんな俺の気も知らず、モナカは電柱におしっこをかける。おしっこしたくてダッシュしたようだ。

ポケットに突っ込んでいたペットボトルの水で電柱を清め、散歩を再開する。

「どうする？　もう一回チャレンジしてみる？」

「い、いえ、このままのほうがいいです」

ふたりでリードを握っているので、肩と肩とが触れ合ってるが、散歩したい欲のほうが勝るらしい。

俺としても嬉しいが、このままだと落ち着かない。話をして気を紛らわせよう。

「店には一三時頃に行くとして、昼食はピザでも頼む？」

「……持谷くんは、今日はピザの気分ですか？」

「そういうわけじゃないよ。水無月さんは違うのがよかった？」

「そうではなく……今日はお店で食べると思ってましたから……」

「弁当を作ってきたとか？」

こくり、とうなずく水無月さん。

「だったら俺も弁当買って帰ろうかな」

ちょうどこの先にコンビニがある。モナカも落ち着いてきたし、水無月さんに預ければ買い物できる。

「持谷くんは、コンビニのお弁当が好きですか？」

「好きってわけじゃないけど、自炊するのも面倒だし……なんで？」

たずねると、水無月さんは自信なさげにぼそぼそと言う。

「実は……一緒に食べようと思って、持谷くんの分も作ってきたんです」

「俺のも⁉」

めっちゃ嬉しい！　舞い上がっていると、水無月さんが安心したようにため息を吐く。

「喜んでもらえてよかったです。迷惑がられるかもと不安でしたから」

「迷惑だとか思わないからっ。昼になるのが待ち遠しいよ！」

わくわくしつつ、散歩コースをぐるりと周り、帰宅する。

そして手を洗って自室に入ると、一二時まで映画を見て過ごすことに。変な空気にならないように、健全な動物映画を視聴する。


正午になると、俺たちはリビングに移動した。

フローリングを駆け回るモナカにおやつを与えて落ち着かせ、テーブルに着く。

いつもの癖が発動したのか、今回も水無月さんは俺の隣に座っている。

「こちらになります」

やや緊張気味にトートバッグから弁当箱をふたつ取り出す水無月さん。

「大きいのと小さいの、どっちがいいですか？」

「欲を言えば大きいの」

「よかったです。持谷くん用に大きいのに入れてきましたから。気に入っていただけると嬉しいんですけど……」

期待半分、不安半分といった眼差し(まなざ)しを向けられるなか、弁当箱をオープンする。

二段弁当で、一段目にはふりかけ付きのご飯が敷き詰められている。そして二段目には生姜焼き(しょうがや)きにたこさんウィンナー、卵焼きにポテトサラダ、ブロッコリーにプチトマトなど彩り豊かなおかずが入っていた。

さっそく味わいたいが、その前に……

「記念に写真撮っていい？」

こんなこと人生にもうないかもしれないし、たまに見返してニヤニヤしたい。

「構いませんよ」

水無月さんはそう言うと、ちょっと照れくさそうにピースした。

……指摘するのは気まずいが、このまま撮れば変なふうに誤解されかねない。

「弁当を撮ろうと思ってたんだけど……」

「えっ？　あっ」

かあああっと顔を赤らめ、うつむいてしまう。

「か、勘違いしちゃいました……」

「い、いや、俺の言葉不足だったよ。そっちのほうが記念になるし、弁当と一緒に撮っていい？」

「あっ、じゃあ私も持谷くんを撮っていいですか？　記念になりますから……」

もちろん、とうなずき、まずは照れくさそうにピースする水無月さんを撮り、それからVサインする俺を撮ってもらう。

水無月さんはスマホのディスプレイを見つめ、満足そうに口元を緩めた。

「かっこよく撮れました」

「水無月さんにそう言われると、本当にかっこよくなった気分になるよ」

「お世辞じゃないですよ？　持谷くん、すらっとしてますし、髪型もばっちりですから。私、ちょっと癖毛ですから……持谷くんの髪質が羨ましいです」

「水無月さんの髪もふわふわしてて、いいと思うけどな。でも、ありがと。髪型には気を遣ってるから、そう言ってもらえると嬉しいよ」

「気を遣ってるんですね。……もしかして、好きな方がいたりするんですか？」

　まさか恋バナをぶっ込まれるとは。水無月さんも女子高生ってことか。

　だけど仕事の話ばかりってのも味気ないし、こういう話をするのも人付き合いの醍醐味だよな。

　もちろん「目の前にいるよ」とは言えないけども。

「好きなひとはいないよ」

「お客さんのなかに、可愛い女性はいませんでしたか？」

「あー、可愛い娘はこないだ見たな」

「だ、誰です？」

　興味津々な瞳を向けられ、俺は冗談で返す。

「ぜんざい好きな女の子」

「たしかに可愛かったです。一〇年後には美人になってそうですね……」

「……冗談だから本気にしないでくれ」

　まさか真に受けられるとは。すぐさま訂正すると、水無月さんはきょとんとした。

「可愛くなかった、という意味ですか？　私はそうは思いませんが……」

「ああいや、可愛かったよ。可愛かったけど……『可愛いって、そっちの可愛いですか』みたいなリアクションを想定してた」

自分のギャグを解説するより恥ずかしいことはない。

「気づけずすみません……私、誰かと冗談を言い合ったことがなくて……勉強します」

そう言うと、ちなみにですが、と水無月さんは話を続ける。

「先日、かっこいいお客さんを見かけましたよ」

「かっこいいお客さん……？」

心がざわついた。

休日なのに働きたがっているのは、そのお客さんとやらに会うためなのか？

「そ、それ、どんなひと？」

「『階段で転(こ)けないように気をつけて』って母親をエスコートしてた男の子です」

「……あ、ああ、こないだの幼稚園児ね」

つまりは冗談を言われたわけだが、上手(うま)くリアクションできず、水無月さんが不安げな顔になる。

「冗談って、こういうのでよかったですか？」

「もちろん。上手だったよ」

「よかったです。冗談って悪戯(いたずら)してるみたいで、けっこう楽しいですね」

冗談がばっちり決まり、ご機嫌そうに頰を緩める水無月さん。

この調子で日々を楽しく過ごせば凝り固まった表情筋も完全にほぐれ、いつかは満面の笑みを浮かべることもできるはず。

そう期待していると、ただ……、と水無月さんは恥じらうように目を伏せた。

「お仕事中はあまり冗談を言い合えませんから……。もしよかったら、連絡先を交換してくれませんか？」

それは俺も知りたかったことだ。俺たちはもう友達といっても差し支えない関係だし、業務連絡するためにも連絡先は交換しておきたかった。

「いいよ。交換しよっか」

「ありがとうございます！　えっと、交換は……どうするんでしたっけ？」

「スマホ見せて。んっと……ここをこうして……こう」

連絡先の交換を済ませ、挨拶がてら【よろしく】とメッセージを送ると、水無月さんはわたわたとスマホを操作した。

【こちらこそ、よろしくお願いします】

【持谷くんは、夜はお忙しいですか？】

【私は暇です】

メッセージを連投する水無月さん。俺が目の前にいるにもかかわらずスマホを見つめ、返事を待ち遠しそうにしている。

親以外とは連絡先を交換したことがないのだろうし、友達とメッセージでやり取りするのが新鮮で楽しいのだろう。

【俺も暇だよ。たまにモナカの写真でも送ろうか？】

【ぜひぜひ。また散歩したいです】

【モナカも喜ぶよ。ちなみに俺は目の前にいるよ】

水無月さんはハッと顔を上げ、照れくさそうにはにかんだ。

「楽しくて、つい夢中になっちゃいました」

可愛い女子にこんなこと言われて惚れるなってのも無理な話だよな？

◆

一三時過ぎ。

俺たちは和菓子屋にやってきた。

いつも通りエプロンを身につけ、母さんとバトンタッチする。その際に、二階に三組のお客さんがいると知らされた。

「平日に比べると、やっぱり休日のほうが忙しいんですか？」

「まあな。ただ今日が珍しいだけで、イートインは平日と大差ないけど」

「そうなんですね。お皿を下げるの好きなので、ちょっと残念です」

「片付けが好きなのか？」

「というより、綺麗に食べ終えたお皿を見るのが好きなんです。私が作ったわけじゃありませんけど、従業員として嬉しくなりますから」

俺が手作りの弁当を平らげたときも、同じ気持ちになってくれたのかな。水無月さんの料理、ほんと美味しかったなぁ……。

「持谷くんは仕事をしてて、どういうときが嬉しいですか？」

「俺？　そうだな〜……ベタだけど、帰り際に『美味しかった』って言われたときかな」

「私も好きです。それ、よく言われますよね」

「うちは客入りこそ悪いけど、味は一流だからな」

美味しいからこそ、こんな立地でも三代続いているわけで。店を継いだ父さんの重圧は半端じゃなかったと思う。じいちゃんも普段はめっちゃ温厚だけど、仕事となると厳しいひとだったからなぁ。

そんなじいちゃんの修行を乗り越え、店を切り盛りしてるんだ。なんとかして店の盛り上がりに貢献したいとは思っている。思っているが、一介の高校生にできることなど高が知れている。

毎年クラス替えの際、自己紹介で店の宣伝をしてるけど、誰も来てくれないし。

俺の人望の問題かもだが、最大の要因は和菓子に興味がないからだ。俺だって「実家がお茶屋です」と言われても、行こうとは思わない。お茶に興味がないからだ。

逆に言うと、興味さえ持ってもらえればいいわけで——

「どうすれば和菓子に興味を持ってもらえますかね……」

水無月さんも同じことを考えていたようだ。

「俺の思考を読んだ？」

「え？　……ああ」

一瞬きょとんとした水無月さんは、悪戯を思いついたように目を輝かせた。

「バレてしまいましたか。実は私、読心術を心得てるんです」

「マジで？　じゃあ俺の頭のなかを読んでみてよ」

冗談に乗っかると、水無月さんは占い師が水晶玉にするように俺の頭に手をかざした。

「むむむむむ……見えました。持谷くんはいま、明日の午前中の過ごし方について考えてますね？」

「なにして過ごすと思う？」

「むむむむぅ……見えませんでした。正解はなんですか？」

「部屋でのんびり過ごそうかなって」

「つまり、暇ということですか？」

「暇だよ」

「では仕事の時間まで、ご一緒していいですか？　またモナカさんの散歩に連れていってほしいです」

「いいよ」

　この流れに持って行けるとは！

　よくぞ午前中の過ごし方をたずねてくれた。水無月さん、ファインプレーだ。おかげで好きな女子と日曜日を過ごせるぞ。

「またお弁当を作ってきますね」

「ありがと。いまから楽しみにしてるよ」

「頑張って作ります」

　やる気満々にそう言うと、ふとまじめな顔になり、

「それにしても、どうすれば和菓子に興味を持ってもらえるでしょうか」

　と、ズレた話を軌道修正する。

「和菓子ブームの到来を祈るしかないな」

「ブームというと、たまに流行りますよね。タピオカミルクティーに、マリトッツォに」

「昔はマカロンやらティラミスもブームになったっぽいよ」

「洋菓子ばかりですね……。和菓子は流行らないんですか？」

「うーん、どうだろうね。ブームになるお菓子って、だいたい『海外で流行ってる』ってところから人気に火がつくし……」

「逆に海外では日本食が流行ってますもんね」

「らしいね。歌なら洋菓子より和菓子のほうが強いんだけど……」

「どんな歌ですか？」

「泳げたい焼きちゃんとか、団子四兄弟とか」

どっちも俺が生まれるずっと前に流行った曲だけど、父さんやじいちゃんが言うには、ブームの恩恵を肌で感じることができたのだとか。

ブームになると専門店が乱立し、けっきょくはパイの食い合いに終わるそうだが。

それでも、父さんの和菓子を味わえばハマってくれる自信がある。ブームが去っても、固定客として残ってくれるはずだ。

そんなわけで、たい焼きが走ろうと兄弟が増えようとなんでもいいので、また和菓子の歌がヒットしてほしい。

「歌は効果ありそうですね。私も鮮魚売り場で『さかなぁさかなぁさかなぁ―』って歌を聴いて、ふらっと立ち寄りたく……どうして笑ってるんですか？」

可愛い娘が可愛い声で可愛い歌を歌ってるのだ。可愛いの三重奏に、ついニヤニヤしてしまう。

水無月さんとカラオケに行けたら、終始にやけっぱなしになりそうだ。

「ごめんごめん。急に歌うから、なんかおかしくなって。水無月さん、いい声してるし、いい意味で耳に残るから、歌を出すのは名案かもな」

「誰かに歌を聴かれるのは恥ずかしいです……」

「俺は聴いちゃったけど」

「持谷くんは特別ですから。も、もちろんモナカさんも特別です」

なぜか慌ててモナカを追加する水無月さん。

飼い犬と同列か……。だけど嬉しいかな。水無月さんに特別扱いされてることに変わりないし。

「そういう持谷くんこそ、歌を聴かれるのに抵抗はないんですか？」

「抵抗はないけど、どのみち歌を垂れ流すのは難しいかな。騒音の苦情が来るかもだし」

「歌以外の方法で集客しないといけないわけですか……」

水無月さんは口に手を当て、考える仕草を作った。店を盛り上げるため、知恵を絞ってくれているようだ。

俺としても店が衰退していく姿は見たくない。毎日行列ができる人気店になってほしい――なんて贅沢は言わないが、せめて一度でいいから大賑わいの店を見てみたい。

そのためにいま俺ができることは――

「ごちそうさま。美味しかったわ〜」

ありがとうございます！　とお客さんに笑顔を向けて、気持ちよく店を利用してもらうことくらいだ。

◆

その日の夕方。

きっかり一八時まで働いた俺たちは、和菓子屋をあとにした。

「うぅ～ん……さすがに五時間立ち仕事は疲れますね」

新鮮な空気を吸い込みながら、水無月さんが気持ちよさそうに伸びをする。

この光景は仕事終わりによく見るが、いつになっても慣れそうにない。背中を反らしたことで胸元が大きく突き出され、自然と視線が吸い寄せられる。

けど、じろじろ見ているわけにはいかない！

頭を振って煩悩を追い払い、いつものように屈伸していると、水無月さんも俺の隣で、膝を曲げたり伸ばしたりする。

「仕事終わりの屈伸、気持ちいいですよね」

「癖になるよな」

一分くらい隣り合わせに屈伸していると、次第にダルさが消えていき、足が楽になってきた。

「足の調子はどう？」

「屈伸したら楽になりました。これなら明日も働けそうです」

無理はしないでね、と声をかけたくなったが……待ち遠しそうな彼女にそれを言うのは野暮だろう。

「では帰りましょうか」

きびすを返そうとした水無月さんに応じようとして、ふと思い出す。そういえば、このあと用事があるんだった。

「ごめん。俺は行くとこあるから」

「どこかに寄って帰るんですか？」

一緒に帰る気満々だったようで、彼女は寂しげに眉を下げた。

付き合わせるのは悪いかなと思っていたが、俺と過ごす時間をそんなに楽しいと思ってくれているのなら、ぜひ一緒に来てほしい。

「ノートを買いに行こうかなって。ちょっと遠回りにはなるけど帰り道だし、よかったら水無月さんも一緒に来る？」

「行きたいですっ」

「じゃあ行こうか」

水無月さんを伴い、いつもとは逆方向に歩を進め、表通りに差しかかる。

一八時を過ぎているのに、表通りは活気があった。

寂れた裏通りとはまるで別世界だ。居酒屋も軒を連ねているので、二一時頃まではこの賑わいが続くのだろう。

「お店のある裏通りから表通りに出るだけで、こんなに変わるんですね……。この立地が羨ましいです」

「羨んでも仕方ないけど、表通りに店があればお客さんも増えるんだろうな」

「移転は検討しないんですか？」

「移転の話は出たことないな。曾じいちゃんの代から続く店だから、大切にしたいんだと思うよ」

好立地に移転すれば集客は見込める。

だとしても、心情的に移転はしづらい。あの店には家族の思い出が詰まっているから。

だからこそ、じいちゃんもリフォームの際、外観だけはそのままにしたんだと思う。

集客のためとはいえ、思い出の詰まった店が空っぽになり、いずれ取り壊されることになるなんて、想像もしたくない。

「だから理想は、移転せずにお客さんを増やすことだな」

「そうですね。私もあの店が好きですから、移転はしてほしくないです」

「ありがと。こんなに早く好きになってもらえるなんて嬉しいよ」

「どういたしまして。……私、意外と惚れっぽいのかもしれませんね」

水無月さんは、ちょっぴり照れくさそうに言う。イケメンの告白すら断っていたので、惚れっぽさは人間以外に発揮されるのだろう。モナカとか秒で気に入られてたしな。

「ところで、文房具店はどちらに？」

「ここからだと百均のほうが近いから、そっちで買うよ。ほら、あそこ」

一〇〇メートルほど向こうに百均が見えてきた。そちらを指さすと、水無月さんが急に足を止める。

「持谷くん。あそこのパン屋さんにあるあれ、和菓子屋でも使えると思いませんか？」

そう言って指さしたのは、パン屋の店先に置かれたオシャレな看板ＰＯＰだった。黒板ボードに『本日のオススメ』と称してチョコクロワッサンが描かれている。

「宣伝に使うってこと？」

「はい。現に私、あの看板を見てチョコクロワッサンを食べたくなりましたから」

そう言われると説得力がある。

それに、水無月さんが思わず立ち止まってしまうくらいだ。看板ＰＯＰが目を引くのは間違いない。

店の窓にもラミネート加工した和菓子の写真を貼っているが、目を引くかと言われると首を傾げざるを得ない。デザイン次第では看板のほうが目立ちそうだ。

「いいね。やってみよっか」

俺が乗り気になると、水無月さんが急に自信なさげな顔をした。

「私が提案しておいてなんですが、あっさり決めていいんですか？　こういうのは会議を経てからのほうが……」

「一応、父さんには報告するけど、反対はされないよ。マイナスにはならないし、水無月さんが店のために考えてくれたんだ。俺もそうだし、ふたりも喜んでくれるって」

「みなさんに喜んでいただけるなら、一刻も早く作りたいです」

水無月さんはやる気満々にそう言うと、きょろきょろと周りを見まわす。

「ああいう看板は、どこに売られているのでしょうか？」

「黒板ボードも看板立ても、百均で見かけたよ」

こっち、と水無月さんを連れ立ち、百均へ。そして店内に入るなり、水無月さんは目を丸くした。

「百均って、こんなに品揃えが豊富なんですね」

「来るのははじめて？」

「はい。もちろん存在自体は知ってましたが、日用品は百貨店で揃えてますから」

同じ『百』でも百均と百貨店とでは値段が大違いだ。

フレンドリーに接されて忘れかけていたが、水無月さんって総資産一〇〇億の令嬢なんだよな……。

先日書店で見かけたが、どこで買っても同じ品質の本と違い、日用品は質のいいものを選ぶようにしているのだろう。思い返せば、弁当箱も高級感が漂っていた。

身近に感じていた水無月さんを、ちょっとだけ遠くに感じつつ、俺たちは黒板を探す。

以前見かけた記憶を頼りに歩いていると、黒板ボードを発見した。

水無月さんは黒板を手に取り、残念そうに眉をひそめる。

「A4サイズですか……。これだと小さいですね」

「どうせなら遠くからでも目立つサイズがいいよな」

「ですが、これが一番大きいサイズみたいです」

「ホームセンターにでも行けば、もうちょっと大きいのも売られてるかもだけど……あ、でもこっちのは使えるかも」

筒状の商品を手に取る。そこには『黒板シート』と書かれていた。七〇センチ×一〇〇センチとサイズは申し分ない。カットしてサイズ調整もできるみたいだ。

裏は両面テープになっていて、別のボードに貼り付ける必要があるが、黒板ボードよりこっちのほうが使えそうだ。

「これにしよっか？」

「ですね。これだけ大きいと目立ちそうです」

話が決まり、コルクボードに看板立て、チョークなどを購入すると百均をあとにする。

「私が提案したことですし、お金はお支払いしますよ」

「いいって、安く済んだし。それより、水無月さんはデザインをお願い」

「え？　私が描くんですか？」

「俺は絵心がないからな。水無月さんは文字が可愛かったから、可愛い絵も描けるんじゃないかなって」

期待するようなことを言うと、自信なさげにしていた水無月さんは一転、やる気満々にうなずいた。

「デザインは私に任せてください」

ですが……、と上目遣いになり、甘えるような声で続ける。

「できれば、持谷くんと一緒に作りたいです……」

俺としても、水無月さんに全部任せるのは申し訳ない。重たい荷物を持たせて帰らせるのもかわいそうだし、どのみち明日の午前中は一緒に過ごす予定だったのだ。

「わかった。何時でもいいから、家を出るときに連絡して」

「はいっ。連絡しますね」

和菓子屋の売り上げに貢献できるのが嬉しいのだろうか。待ち遠しそうな水無月さんを見ていると、俺も明日が楽しみになってきた。

◆

翌朝。

枕元から電子音が響き、俺は目を覚ました。

仰向けのまま手探りでスマホを捕まえ、寝ぼけ眼でディスプレイを見ると、水無月さんからメッセージが届いていた。

好きな女子からの連絡に、一気に意識が覚醒する。

【おはようございます。もう起きてますか？　起こしてしまったらすみません】

現在時刻は八時三〇分。今日は九時頃に起きる予定だったけど、水無月さんに起こしてもらったんだと思うと不満はない。

【起きてたよ】

申し訳なさを感じずに済むようにそう返しつつ、顔を洗いに一階へ。母さんたちはもう店に向かったようで、家のなかは静まりかえっていた。

ぱぱっと洗顔を済ませると、自室へ戻る。スマホを見ると、二件のメッセージが届いていた。

【よかったです。ところで持谷くんは焼き鮭好きですか？】

【お弁当の話です。お肉にするかお魚にするかで迷ってます】

今日も水無月さんの弁当を味わえる……。

そう思うと、朝から幸せな気持ちになってきた。

【大好物だよ。ありがと】

【いえいえ。好きでしてることですから】

嬉しいなぁ。こんなこと言われると頬がゆるゆるになってしまう。話に一区切りついたけど、もっと彼女とやり取りしたい。

問題はなんて返すかだ。【そうなんだね】と相づちを打つだけでは向こうも返事に困るだろうし、スタンプで会話が終わりかねない。

質問形式で新たな話題を振ったら水無月さんも乗ってくれるかな？　ああでも、料理の邪魔をするのも悪いしなぁ……。

【持谷くんのために毎日料理したいくらいです】

しばらく悩んでいると、新たにメッセージが届いた。

俺のために毎日料理したい、か……。

一瞬、『俺のことが好きだから毎日料理したい』って告白された気持ちになったけど、水無月さんが俺に惚れるとは思えない。

常識的に考えるなら、水無月さんはずっと前から料理が好きなのだろう。

料理するのが大好きで、だから俺のために毎日弁当を作るのも苦にならないと言いたいわけだ。

【そんなに好きなのか？】

あれだけ美味しい弁当が作れるんだ。水無月さんが料理好きなのはわかりきってるし、これなら返事もしやすいだろう。

そう思ったが、なかなか返事が来なかった。料理から手が離せなくなったのかな？

着替えながら待っていると、ぴこん、と電子音が響いた。

【大好きです】

メッセージとともに、猫がハートを持っているスタンプが送られてきた。

【好きになったきっかけって？】

また返事が来なくなる。

既読マークはついたので見ているはずだけど……やっぱり料理が忙しいのかも。

そう思った矢先、スマホが着信音を奏で始めた。料理しながらなので、電話でやり取りすることにしたのだろう。

「もしもし？」

『もっ、もひもひ！　持谷くんですか？　水無月です！』

噛み噛みだった。声も裏返っている。友達との通話ははじめてで、緊張してしまったのかな。

「俺だよ。持谷奏太だよ。なんで急に電話を？」

『と、突然電話してすみません！　こういう大事なことは、直接伝えたほうがいいと思いまして……』

「大事なことって、好きになったきっかけの話だよな？」

『は、はい……』

水無月さんにとって、料理はそれだけ大事なことなのか。だったら俺も真剣に話を聞かないと。

『いきなり電話して、ご迷惑でしたか……？』

「そんなことないよ。真剣に聞くから、好きになったきっかけを教えてくれ」

『わ、わかりました……』

ちょっとだけ間があり、うわずった声で水無月さんが語り出す。

『きっかけというか、なんというか……。持谷くんに助けてもらった日から、意識はしてました……』

「あの日から？」

あんなに美味しい料理が作れるんだ。昔から料理が好きなんだと思っていたが、あの日から料理が好きになったのか。

わざわざ俺を持ち出したってことは、元々自炊はしてたけど、恩返しのために本格的に料理の勉強を始め、その楽しさに目覚めたのだろう。

『……意外ですか？』

「意外というか、びっくりというか……」

あのときは俺に一〇〇億円を受け取らせることしか頭にないように見えたけど、まさか美味しい料理で恩返ししようと考えてくれていたとは。

大金を積まれるより、水無月さんに手料理を振る舞ってもらえることのほうが嬉しい。昨日食べた弁当、本当に美味しかったし。

『正直言うと、私も驚いてます。たった一週間で、こんなに好きになるなんて思いませんでしたから……』

「よほど楽しかったってこと？」

『はい。こんなに楽しいのは生まれてはじめてです。いまだって、胸が躍ってますから。こんな気持ちになるってことは……やっぱり、好きなんだと思います』

「そっか……」

楽しそうに料理している彼女の姿を想像すると、ほほ笑ましくなってくる。

『そ、それで、その……持谷くんは、どうですか？』

「俺？」

『は、はい。好き……ですか？』

俺も自炊はするけど、べつに好きってわけじゃない。かといって嫌いでもない。共通の趣味があればもっと仲良くなれるかもだし、ここは好きだと伝えよう。

「俺も好きだよ」

『ほ、ほんとですかっ？』

「まあね。実を言うと、それなりに経験してるしさ」

『え⁉　経験あるんですか⁉』

「ああ。そんなわけだから基本的なテクニックは心得てるつもりだよ」

自炊歴はそれなりにあるのだ。水無月さんほどじゃないけど、俺も料理は得意である。千切り乱切り薄切り等々、野菜のカットはお手の物。魚だって上手に捌ける。

『テクニックですか⁉　そ、それって、キスとかも上手にできるってことですか……？』

キスかー。懐かしいなぁ。父さんが休みだからって海釣りに誘ってくれて、キスを釣り上げたっけ。小型魚だから骨の処理が難しかったけど、上手く捌くことができた。あれは美味しかったなぁ……。

「ああ、キスね。骨抜きしたことあるよ」

「骨抜き⁉　そ、そんなに上手なんですか……？」

息子が捌いたキスを食べたときの父さんと母さんの嬉しそうな顔が、いまでも目に焼きついている。

「美味しいって喜ばれたよ」

『そ、そうですか。キスって具体名を出す辺り、水無月さんはキスに興味あるのかな？』

にしても魚じゃなくキスの味は知りませんが、美味しく感じるものなんですね……』

「めっちゃ美味いよ。水無月さんもキスに興味あるんだよな？」

『え、ええ、まあ……興味ないと言えば嘘になりますが……』

「じゃあ今度一緒にチャレンジしてみる？」

『い、いきなりですか⁉』

「緊張する？」

『し、しますよ！　私、経験ないんですから……』

「安心して。ちゃんと手ほどきするから」

『で、でも……私、持谷くんみたいに上手じゃありませんけど……』

あんなに美味しい料理が作れるのに謙虚だなぁ。

「すぐに上手になるって」

『そ、そうですか……。で、では……お願いします……』

「決まりだな。じゃあ今度スーパーに行こうか」

『スーパーですか⁉』

水無月さんはなんだか嫌そうだ。

「海のほうがよかった？」

『ぜ、ぜったいそっちのほうがいいです！　思い出深くなりそうですし……』

たしかにスーパーで買うより、海で釣ったほうがいい思い出になりそうだ。

「じゃあ夏休みにでも海に行くとして、釣れなかったらスーパーの鮮魚コーナーでキスを買うってことでいい？」

『ほあ⁉』

素っ頓狂な声が響いた。

「ど、どうした⁉」

『い、いえ！　なんでもないです！　そうですよね！　キスは魚ですから鮮魚コーナーで買えますよね！』

「……水無月さん、なんか動揺してない？」

『しししてませんよ』

「もしかして鮮魚コーナーでキスを買えることを知らなかったとか？」

『知ってました！　知ってましたよ！　で、でも、どうして急に魚の話……あっ、料理！

あーっ、そっち！　そっちに解釈したんですね』

「解釈？」

『こ、こちらの話です！　持谷くんは料理が大好きなんですね！』

「さっき言った通り、料理は好きだよ」

『そ、そうですよね！　私も料理が大好きです！』

「それは知ってるけど……」

やっぱり動揺してない？　もしかして油が跳ねて慌ててるとか？　ハンズフリーだろうけど、料理に集中させないと怪我に繋がるかもしれないな。

水無月さんも同じ考えに至ったのか、

『す、すみません。一度電話を切っていいですか？　落ち着いたらまた連絡しますので』

「だな。また家を出るときにでも連絡してくれ」

『そ、そうしますね。では失礼します』

慌ただしくそう言うと、水無月さんは電話を切った。

再び連絡が届いたのは、それから一時間後のことだった。

いまから出ます、とメッセージが届き、二〇分ほどしたところで、インターホンの音が聞こえてきた。

玄関ドアを開けると、門扉の向こうには水無月さんが立っていた。白のブラウスに黒のフレアスカートを合わせ、手にはトートバッグを持ち……

「……うう」

なぜかうつむき、小さくうめいている。日差しが眩しいのだろうか。

「とりあえず上がって」

「は、はい。お邪魔します……」

伏し目がちのまま家に上がり、俺に背を向けてクツを脱ぐ。ふんわりとした髪から覗く耳は、うっすらと赤らんでいた。

今日は四月下旬にしては暑いからな。火照ってしまったのだろう。俺もさっきまで外に出てて汗ばんでいた……っと、そうだ。

「ごめんな水無月さん」

「え？　なにがですか？」

パッと振り返り、俺と視線が交わると、うつむいてしまう。

どうしたんだろ。汗ばんだ肌を見られたくない……とか？

だったら、ちょうどいい。

「今日は気温が高くなるらしいから、涼しいうちにモナカの散歩を済ませちゃって。昨日楽しみにしてたのに、ごめんな」

「い、いえ、構いませんよ。今日は看板を作らないとですから。お邪魔でなければ、また来週にでも付き添わせてください」

「もちろん。水無月さんと散歩するの、楽しいからな」

「はい。私も持谷くんとお散歩するの大好きです」

汗が引いたのか、水無月さんは俺の目を見てそう言うと、クツを脱いで立ち上がった。

そして部屋に連れていくと、

「もう組み立てたんですね」

すぐに看板に目を留めた。

昨日のうちにコルクボードに黒板シートを貼り付けて、はみ出した部分はカットした。それでもかなり大きく、室内だと存在感がすごい。これなら店頭に置いても目立つはず。

「あとはデザインだけだ」

そう言って、黒板を学習机に置いた。椅子を引き、水無月さんに座ってもらう。すると彼女はすぐに茶色のチョークを手に取った。

「もうデザインは決めてるのか？」

「昨日のうちに考えておきました」

「助かるよ。そうだ。飲み物持ってくるけど、コーヒーと緑茶ならどっちがいい？」

「ありがとうございます。では緑茶で」

待っててね、と言い残して部屋を出る。

リビングに入ると、ソファに寝そべっていたモナカが足にしがみついてきた。それからごろんと寝転がり、床に背中を擦りつける。しばらくお腹を撫でてやると、満足したのか水を飲み、モナカはソファに飛び乗った。

緑茶を淹れ、部屋へ戻る。

「ごめん、モナカの相手してたら遅くなって……」

黒板が目につき、言葉を失ってしまった。

そこには、でかでかとイラストが描かれていた。

棒人間みたいな手足が生えた、丸い生き物だ。ニコニコとした目で、鼻はなく、大きな口を持っている。そこに自分の手を突っ込み、吹き出しには『美味しすぎ！』と書かれていた。

……え、嘘。なにこれ？

こんなに可愛い女の子から、理解しがたい生物が生み出されるとは……。

戸惑いを隠しきれない俺に、水無月さんが自信ありげにたずねてきた。

「あ、持谷くん。これ、どう思います？」

「え？　そ、そうだな……いいんじゃないか？　なんていうか、味わい深い絵で」

どうにか褒め言葉を絞り出すと、水無月さんがクスッとする。

「和菓子だけに、ですね」

あ、これ和菓子なんだ。

「そ、そうだな。和菓子だけに、味わい深いってね。……ちなみに、これなに？」

「見ての通り、どら焼きですよ」

どら焼きだったのか……。

「やっぱり？　だと思った。丸いし、茶色だし、上手く特徴を捉えてるな」

「でしょう？　お家(うち)で練習しましたから、完璧に描けたと思います」

こんなこと言われたんじゃリテイク指示は出せないな。それにまあ、これはこれで目を引きそうなデザインではある。

だけど……

「念のため、『どら焼き（190円）』って書いたほうがいいかもな」

「そっちのほうが宣伝になりそうですね」

白チョークで値段を書き、これで完璧になりました、と満足そうにうなずく。

「お疲れ様。作ってくれてありがとな」

絵心こそアレだけど、彼女なりに一生懸命デザインしてくれたわけで。好きな娘が店のために頑張ってくれたんだ。嬉しくないわけがない。

「さっそく飾りたいですね」

「ならもう行く？」

うなずくかと思いきや、水無月さんは首を振り、

「お茶を淹れていただきましたし、もうしばらく持谷くんの部屋にいたいです」

「だったら昨日みたいに動物の映画見る？」

見たいです、と水無月さん。

そうして準備を済ませると、俺たちは隣り合って座り、動物映画を視聴するのだった。

◆

おいし

一三時過ぎ。

映画の感想を語り合いながら和菓子屋にやってきた俺たちは、店頭に看板を設置する。

「映えますね……」

看板を見下ろして、水無月さんは満足げだ。そこから数メートルほど離れたところで、俺も看板を眺めてみる。

「……いい感じだな」

部屋で見たときとは印象が違う。現代アート的なイラストのおかげで、和モダンな店が際立って見えた。

これは通行人の目を引きそうだ。イラストと実物の違いを確かめるために、どら焼きを買ってくれるかも。そのついでに和菓子をいくつか購入し、味にハマって常連客になってくれるかもしれない。

「……あの、持谷くん」

期待を高めていると、水無月さんが遠慮がちに歩み寄ってきた。なに、とたずねると、彼女はスマホを握りしめ、

「一緒に記念写真いいですか？」

「……一緒に？」

照れくさそうにうなずき、

「看板は私たちふたりで製作しましたから。ほ、ほら、映画スタッフも個別には記念撮影しないじゃないですか。それと同じ理屈です」

さっさと撮影して仕事に取りかかりたいのか、水無月さんはやけに早口だ。

たしかにネットで見る限りでは、映画スタッフは集合写真を撮っている。俺たちは映画撮影をしたわけじゃないが、製作は製作だ。同じ理屈で撮影しても変じゃない。

というか俺もふたりで撮りたい。水無月さんとのツーショット写真、めっちゃ欲しい。待ち受けにして、スマホを開くたびにニヤニヤしたい。

「いいね。撮ろうか」

「では店と看板が写るように、あっちで撮りましょう」

店の向かいにあるスナック前に移動して、肩と肩とが触れ合うほどの距離に立つ。と、水無月さんが腕を伸ばしてスマホをかざした。

俺たちの顔はぎりぎり枠内に収まっているが、店は二階しか、看板に至ってはまったく写っていなかった。

立ち位置を調整すると、俺の耳元に小さく看板が写り込む。

「……看板、これだと小さすぎますよね？」

「だ、だな。せっかく作ったんだから、もうちょい大きく写したほうが記念にはなるだろうな。まあ……そのためには顔を近づけないとだけど」

「べ、べつに私は構いませんせん、けど……持谷くんは、嫌ですか？」

「そ、そんなことないぞ」

　では……、と水無月さんが画面を拡大させる。そして、見切れてしまった看板を枠内に収めるため、俺たちは頰を近づけていき――

「……っ」

　さらり、と頰にくすぐったい感触が触れた途端、水無月さんがぴくんと肩を震わせた。絹糸のような髪が頰を撫で、シャンプーの香りが漂ってくる。

　おかげで画面に映る俺の顔は真っ赤っか。水無月さんも可愛い顔を赤らめて、恥ずかしそうに唇をきゅっと嚙んでいる。

　そんな美少女とカメラ越しに視線が交わり、ますます照れくさくなってきて、少し目線を逸らしてしまい――

「母さんが写ってるぅ⁉」

「えっ⁉　あっ――」

　水無月さんがびくっと震え、パシャッとシャッター音が鳴る。

「あらあら、続けていいのよ」

　店先から俺たちを見守り、母さんはご機嫌そうにニコニコしていた。

「続けるもなにも、もう終わったから！　俺たち記念撮影してただけだから！　だよな、水無月さん！」

　こくこく、と激しく首を振り、羞恥に顔を赤らめたまま看板を指さす。

「そ、その看板、私たちが作りました。どうでしょうか……？」

「上手に描けてるわ～。素敵な看板をありがとね。パパにも知らせてこなくっちゃ」

母さんなりに俺たちに気を遣ってくれたのか、にこやかにそう言うと、さっさと店内に戻っていった。

「喜んでもらえてよかったですね」

「だな。……ところで、写真はどうなった？」

「そうでしたそうでした」

写真を確かめると、大きく目を見開いた水無月さんと、振り向きかけている俺が写っていた。

顔を動かしたことで母さんは俺の髪に隠れ、それでいて看板は写り込んでいる。

「俺、ちょっと間抜けな顔してるけど……これはこれで記念になりそうだな」

「ですね。一生の記念になります。あとで送りますね？」

「ありがと。楽しみにしてるよ」

なんて話をしながら店内へ。母さんとバトンタッチする際、二階にお客さんはいないと聞かされた。

「お客さん、増えるといいですね」

「あれを見れば興味は持ってくれるよ」

いつもは店の前を素通りしているひとも、あの看板を見れば気になってくれるはずだ。

一九〇円なら買ってもいいかなと思い、そこから常連客になってくれるかもしれない。

看板効果があるといいが、果たしてどうなるか……。

「こんにちはー」

引き戸が開き、お客さんがやってきた。昨日も店に来てくれた常連のおばさんだ。

いらっしゃいませ、とふたりで出迎えると、お客さんはさっそくショーケースに視線を落とした。

事前に注文を決めていたのか、すらすらと商品名を口にする。

「イチゴ大福をふたつと、三色団子を二本。それと、わらび餅を一パックくださる？」

「かしこまりました」

水無月さんが和菓子をパックに詰め、俺はレジ対応をしようとするが――

「ああ、そうそう。どら焼きもひとついただけるかしら？」

思い出したように追加注文され、水無月さんが弾かれたように顔を上げる。

「どら焼き、ですか？」

「ええ。外に看板が出てるじゃない？　あれを見て、ひさしぶりに食べたくなったのよ」

「そ、そうですかっ！」

明るく声を弾ませ、軽快な手さばきでパックに詰める。会計を済ませると、ありがとうございましたー、とお客さんを見送る。

そして引き戸が閉まるなり、俺たちは顔を見合わせた。

「効果あったなっ」

「ありましたねっ」

新規客ではなかったけど、店の売り上げには貢献できた。

それに常連客でもどら焼きが飛ぶように売れてくれれば、そこから口コミが広がって、新しいお客さんを獲得できるかも！

と、このときはそう期待していたが……

◆

看板製作から半月が過ぎた、五月中旬の金曜日。

その日の夕方。俺と水無月さんは、和菓子屋内の休憩スペースにいた。店はいましがた営業を終えて、俺たちは和菓子を摘まみつつ、緑茶で一息吐いているところだ。

その空気は、ちょっと重い。

「今日もいつも通りでしたね……」

「いつも通りだったな……」

なぜなら、客入りはお世辞にもいいとは言えないから。

なにせ立地が立地だ。常連客がいて、売り上げが維持できている状況は、それはそれでとてもありがたいことではある。

ただ、宣伝用に看板を作り、設置早々にどら焼きが売れたのだ。正直、俺たちはかなり期待に胸を膨らませていた。

けれど結果は現状維持。

肌感覚で言うと、どら焼きの売り上げは伸びた気がするが、微々たる変化だ。製造数を増やす必要すらもない。新規客も来てはくれたが、そちらも劇的な変化とまでは行かず、店の盛り上がりに影響はなく……。

水無月さんが、ため息を吐いた。

「お客さんを増やすのって、難しいことなんですね」

「だな。宣伝の難しさを思い知ったよ」

「私の発案だったのに……力及ばず、すみません」

「謝らなくていいから。水無月さんに非はないし。むしろ店のために知恵を出してくれて感謝してるよ」

そもそも彼女はボランティア。無給で働いてもらうだけでも助かってるのに、そのうえ宣伝にまで協力してくれた。感謝こそすれ、責めるなんてできるわけがない。

父さんも母さんも、水無月さんの気持ちを慮(おもんぱか)ってはいたが、落ち込んではいなかった。最初から期待していなかった――というと語弊があるかもしれないが、ふたりは新規客を増やすより、常連客に喜んでもらうことに重きを置いているからだ。

だからこそ、現状維持できているとも言える。

「ですが、お役に立ちたかったです」

「充分すぎるほど役に立ってくれてるよ。母さんもほら、めっちゃご機嫌だしさ」

水無月さんのおかげで適度に休憩でき、笑顔で過ごせている——。そんなニュアンスで言ったが、実際のところ、ここ最近母さんがご機嫌なのは記念撮影を見たからだ。

うちの息子があんなに可愛い女の子と仲良くなるなんて、と喜んでいるだけである。

ニコニコしているだけで「もう付き合ってるの？」と茶化してきたり、関係を進展させようとよけいなお節介を焼いたりはしないので、気まずさは感じずに済んでいるが。

「ほんと、最高の恩返しだよ」

「そう言ってもらえるのは嬉しいですが、やっぱりお客さんを増やしたかったです。私が好きなこの店を、いろんなひとに好きになってほしいですから」

「その言葉だけで報われるよ。とにかく、あの看板が悪かったせいじゃないから。立地もそうだけど、タイミングも悪かったっていうか……」

「ゴールデンウィークに、洋菓子店がオープンしましたもんね」

ただでさえ若年層には和菓子より洋菓子のほうが人気があるのだ。そのうえ何号店かは知らないけど、都会で人気の洋菓子店が商店街に進出してきた。しかも、うちからたった一〇〇メートルの場所だ。

帰りに寄ってみたが、夕方なのに店は賑わっていた。

若者から中年が目立ち、高齢者の姿も確認でき……常連のお客さんを取られるのではと不安に感じている。

「よりによって近所に店を出されるのはきついな……」

「……この店、潰れたりしませんよね？」

「現状は維持できてるから、いますぐに潰れることはないよ」

安心させてあげたかったが、不安は拭えなかったようで……。水無月さんは黙り込み、ますます空気が重くなる。

明るい話題を考えていると、水無月さんがぼそりと言う。

「ひとつ名案が閃きました」

「名案？」

「人気の和菓子屋を調査して、人気商品をマネするんです」

「それはちょっと……」

人気商品は職人たちが試行錯誤の末に生み出した、努力の結晶と言うべきもの。それを人気だからと安易にパクることなどできない。そもそも和菓子作りなんか俺にはできず、父さんも職人としてのプライドが許さないだろう。

「名案は名案だけど、人気商品をパクるのはな……」

「そう言われると、泥棒みたいで気持ちのいいことではありませんね。ですがそれでも、人気店には参考にすべきところがあると思うんです」

「たとえば？」

「店の雰囲気や接客などです。それを参考にするのは、私は悪いこととは思えません」

「まあ、そうだな」

同意すると、水無月さんがちょっとだけ前のめりになる。

「ですので、人気店を調査するのはどうでしょう?」

「調査?」

こくりとうなずき、

「費用は私が持ちますので、日帰りで旅行しませんか?」

やや緊張気味に提案してきた。

店のためにもなるし、水無月さんと旅ができる。一泊するならともかく、日帰りで旅をするだけなら単なるお出かけだし、親にあれこれ言われることもないだろう。

ただ、

「費用を出してもらうってのはちょっとな……」

「気にしないでください。持谷くんは恩人ですから、これくらいの恩返しはさせてほしいです」

確固たる意志を感じさせる口調だった。

水無月さんがいかに頑固かは、身をもって知っている。こうなったからには俺に財布を出させてはくれないだろう。

「ありがと。じゃあ、お言葉に甘えさせてもらうよ」

「はいっ。ではさっそく明日にでも行きましょう！」

「いいけど、ずいぶん急だな」

「善は急げと言いますからね。明日が待ち遠しいです」

うきうきと声を弾ませる彼女を見ていると、俺も旅が楽しみになってきた。

《第三幕　令嬢は調査したい》

翌日、土曜日の午前九時三〇分。

インターホンが鳴り、家を出ると門扉の向こうに水無月(みなづき)さんが立っていた。

白いTシャツに薄手のカーディガンを羽織り、ふわっとしたモスグリーンのスカートを合わせた姿で、手にはトートバッグを持っている。

バッグの中身が弁当だったら嬉(うれ)しいなぁ。

「おはよ」

「おはようございます」

挨拶を交わしつつ玄関の鍵を閉め、快晴の空の下、赤桐(あかぎり)駅を目指して歩いていく。

店は営業予定だが、今日は仕事は休みだ。前日決めた通り、今日は『甘味処(かんみどころ)もちや』を盛り上げるため、人気店の調査に出かけることにしている。

善は急げとは言うが、俺としては明日でも来週でもよかった。急がなければ店が潰れるというわけでもないし、水無月さんと旅行できるなら何年でも待てる。

しかし、水無月さんはいますぐにでも店を救いたいようだ。やる気に水を差すのも悪いので、急ピッチで旅の計画を立てることになった。

といっても、俺は計画にはノータッチ。昨日あのあと「すべて私に任せてください」と自信ありげに告げられた。

ありがたいことに、今回の旅費は水無月さんが負担してくれることになっている。が、やはり申し訳なさはあり、旅費が安く済むほうへ誘導するつもりでいた。

それを見抜かれたのか、俺が遠慮せずに済むように、ひとりで計画を立てることにしたわけだ。

水無月さんから連絡が届いたのは、二三時を過ぎた頃だった。宿題をしていると、一言【明日の9時30分にそちらへ伺います】というメッセージが届いた。

目的地を含め、訊きたいことはいくつかあったが……時間も時間だったので、了解したあと【詳しいことは明日教えて】と伝え、いまに至るというわけだ。

「晴れてよかったですね」

「だな。旅先も晴れてるといいけど」

「晴れみたいですよ」

「それはよかった」

「ええ、よかったです。昼から少し暑くなるみたいですけどね」

「もう五月も中旬だしなぁ。そろそろモナカの散歩時間も早めないとな」

「足の裏を火傷しちゃいますもんね。今日はもう散歩は済ませたんですか？」

「三〇分くらい前にね。普段は一〇時頃まで寝てるけど、いつもと違う空気を察したのか起きてくれたよ」

ところで、と話題を変える。

「水無月さんって駅近くのマンションに住んでるんだよな？」

噂では超高級マンションに住んでいるらしい。あの辺りにそんなマンションは一棟しかないので、おそらくあそこが彼女の家だ。

「ええ。興味ありますか？」

「興味がないと言えば嘘になるかな」

「そうですか。遊びに来るなら歓迎しますよ」

社交辞令かも知れないが、そう言われると行きたくなる。

これが男友達なら遠慮せずに「じゃあ行くわ」と言えるけど、仲良くしているとはいえ相手は女子だ。額面通りに受け取ると困らせてしまうかも。

もちろん行けるに越したことはないので、ワンクッション置いて反応を見てみよう。

「でもさ、ひとり暮らしなんだろ？　男が来たら落ち着かないんじゃないか？」

「落ち着かなくもないですが……持谷くんは、特別ですから。ぜひ一度来てほしいです」

「そっか……」

家に来てくれたし、日帰りとはいえ旅を提案してくれたし、信頼してくれてるなぁとは思っていたが、まさか自宅に招いてくれるほどとは……。

自分も家に入れてもらった以上、相手を招かないと失礼だ――。そう気を利かせただけかもしれないけど、それでも信頼はされている。俺と一緒にいることに、安心感を覚えてくれているわけで……。

「だったら、そのうち遊びに行こうかな」

なんてクールぶってみたが、内心飛び跳ねたくなるくらい嬉しかった。

「でさ、駅の近くに住んでるのに、なんで集合場所が俺の家なんだ？」

気になっていたことをたずねてみる。駅近くに住んでいるなら、待ち合わせ場所は駅のほうがいいだろうに。

それは……、と目を伏せ、うっすら頬を紅潮させる。ちらりと俺を見て、口元に微笑をたたえ、

「持谷くんとおしゃべりしながら歩くの、大好きですから……。なるべく長く、こうしていたかったんです」

「あ、ああ、それで……」

嬉しいやら照れくさいやらで、顔が火照ってしまう。こんなふうに微笑してくれるってことは、本当に楽しく思ってくれているのだろう。

「持谷くんは……どうですか？」

「俺も好きだよ。歩くのも、水無月さんと話すのも」

「嬉しいです。そういうことでしたら、移動はタクシーより歩きのほうがいいですか？」

「店までは遠いのか？」

うーん……、と思い出すように空を見上げ、

「電車を降りて、駅から三キロないくらいですかね。参考にしたサイトには徒歩三〇分だ

と書かれてました」

駅から歩いて三〇分か。立地的にはうちより悪いな。

しかし、それでも人気店なわけで……。これは参考になりそうだ。

「それくらいなら歩こうか」

旅費は水無月さん持ちだ。あまりお金を出させたくない。かといって、疲れさせるのも避けたいところだ。

「もちろん水無月さんが乗りたいならタクシーでもいいけど」

「いえ、私も歩きのほうがいいです。運転手さんに持谷くんとの会話を聞かれるの、少し恥ずかしいですから」

照れくさそうにはにかむ姿も可愛いなぁ。

こんな女の子と過ごせるなんて。今日は最高の休日になりそうだ。

「ちなみにだけど、目的地ってどこ?」

「えっと……」

水無月さんは立ち止まり、スマホをいじり始めた。しばらく待っていると、俺に画面を見せてくる。

「この『倉井軒』という和菓子屋です」

ディスプレイにはグルメサイトが表示されていた。

参考にするため、なるべく『甘味処もちや』に条件が近い店を探してくれたのだろう。

記載された創業時期的に、うちと同等の歴史を持つ和菓子屋だ。

「外観はこんな感じです」

スクロールすると、建物が表示される。たしかにうちに似ているが……写真を見る限りでは、店頭は多くの客で賑わっている。

「口コミが多く、レビュー評価も高いですし、まさに人気が人気を呼んでる状態です」

「羨ましい限りだな」

「はい。口コミに目を通すだけでも参考になりそうですが、やはり現地に行ってみないとわからないこともありますからね。どうやって人気店になったのか……その片鱗だけでも摑みたいです」

水無月さんは和菓子屋のために一生懸命になってくれている――心の底から店を愛してくれている。

こんなに頑張って店をサポートしてくれるなんて……そんな娘を好きにならないわけがない。

惚れなおしていると、彼女は「電車に遅れちゃいますね」とスマホを仕舞った。

赤桐駅に到着したのは、それから間もなくのことだった。

財布は持ってきているが、事前に決めていた通り、水無月さんに切符を買ってもらう。

窓口で切符を購入すると、一枚を手渡してきた。

「ありがと」

「どういたしまして。さあ行きましょう」

乗り場へ向かうと、ほどなくして電車が到着し、ふたり掛けの席に腰かける。ちなみに俺が通路側、水無月さんが窓側だ。

「到着はいつ頃になりそう？」

「たしか、二時間かからないくらいです。乗り換えはありませんから、しばらくのんびりできますよ」

「二時間くらいってことは、昼食は駅前で食べる感じ？」

そこから和菓子屋まで三〇分。それだけ歩けば、お腹もいい具合に空きそうだ。

水無月さんは太ももに置いたトートバッグをぽんと叩き、

「お弁当、作ってきましたから。駅の近くに公園があるので、そこで食べようかと」

「いいね。待ち遠しいよ」

ピクニックなんて最高すぎる。

水無月さんは完璧美少女。おまけに資産一〇〇億のお嬢様。常識的に考えれば、俺には手の届かない存在だ。

それでも、きっかけは借りを返すためとはいえ、こうして交流できている。

報われない恋になるほうが可能性としては高いけど……このまま親睦を深めていけば、いつかは振り向かせることができるかも。

そんな期待を抱いてしまうくらいには、今日の旅はデート感が強かった。

「ああそうだ。飲み物を買ってきたんです。飲みますか？」

「ありがと。いただくよ」

ペットボトルのお茶をひとつ受け取り、ふたり揃ってぐいっと飲む。ああ、美味しい。

「そうそう。昨日さ、モナカが面白い寝相してたんだ。写真撮ったけど見る？」

「見たいです」

座席の隙間にペットボトルを置き、スマホを取り出すと、水無月さんが遠慮がちに肩を寄せてきた。

なめらかな肌とふわふわの髪から、石けんとシャンプーの香りが漂ってくる。

めちゃくちゃ良い匂いだ……。ドキドキしていると、水無月さんがペットボトルに目を落とした。

「これ、ひとまず預かりましょうか？」

「ありがと」

彼女はペットボトルをトートバッグに入れ、さらに距離を詰めてわずかな隙間を埋めてきた。体温を感じるほどの距離感だ。

ますますドキドキしつつもスマホをいじり、これだよ、と見せる。すると彼女は画面を覗き込み、クスッとする。

「可愛い寝相ですね」

「休日のおじさんみたいだろ？」

「はい。おじさんみたいです。ほかにもありますか？」

「まだあるよ」

ひとしきりモナカの写真を見せる。

「やっぱりモナカさんは可愛いですね」

「水無月さんはペット飼ったりしないのか？」

「うちはペット禁止ですから」

ちょっと残念そうな水無月さん。

さておき、モナカの写真は全部見せた。しゃべってたら喉が渇いてきたな……。

「お茶もらえる？」

「はい。……あ」

「どうした？」

「ごめんなさい。これ……」

困ったように眉を下げ、トートバッグからペットボトルをふたつ取り出す。

ひとつは俺の、もうひとつは水無月さんのお茶だ。どちらも同じお茶で、飲んだ量も同程度。これではどっちが俺のかわからない……。

「この電車って、車内販売ありましたっけ？」

「新しいのを買うってこと？」

「飲み物を我慢するのは身体に悪いですし……私が口をつけたペットボトルを持谷くんに飲ませてしまうのも悪いですから……」

「い、いや、そんなの全然気にしなくていいけどっ」

水無月さんを励ますためにもそう言わないわけにはいかないが、これはこれで問題発言では？　これだとまるで彼女と間接キスをしたがっているみたいじゃないか。

……まあ、したくないと言えば嘘になってしまうわけだが。

「持谷くんは……間接キス、嫌じゃないんですか？」

「べ、べつに嫌じゃないけど……水無月さんこそ、嫌じゃないのか？」

「わ、私も全然平気ですっ」

元々間接キスを気にしないタイプ――ってわけじゃなさそうだ。表情を見るに、かなり恥ずかしがっている。面と向かって嫌がるのは失礼だと考えたのかな。

「ど、どうしますか？」

「そ、そうだな……。車内販売はないし、水無月さんの言う通り、二時間水分補給しないのは身体に悪いし……これを飲もうか？」

「そ、そうですね。そうしましょう」

ほんのりと頬を赤らめ、水無月さんが意を決したようにペットボトルを向けてきた。

「どっちがいいですか……？」

「じゃあ……こっちにしようかな」

「わかりました。……どうぞ」

「ありがと。じゃ、じゃあ……飲ませていただきます」

緊張のあまり敬語になりつつ、ペットボトルを受け取る。ここでためらうと間接キスを嫌がってるみたいになりそうなので、えいやっと口をつけ、ぐびぐび飲んだ。

ちらっと様子を窺うと、水無月さんも飲んでいた。ただでさえ赤らんでいた肌が、目が合ったことでますます赤みを帯びる。

そしてお互いにペットボトルから口を遠ざけ……

「……少し休もうかな」

「で、ですね。私もそうします」

心が落ち着くのを待つことにした。

そうして黙って座っていると……しばらくして、肩にさらりとしたものが触れてきた。水無月さんがもたれかかってきたのだ。

「み、水無月さん……？」

ドキドキしつつそちらを見ると……彼女は小さな寝息を立てていた。

きっと遅くまで旅の計画を立て、疲れが溜まっていたのだろう。店を盛り上げるために頑張ってくれたのだと思うと、ますます愛おしくなってしまうのだった。


正午前。

二時間ほどで目的の駅に着き、俺たちは電車を降りた。

わりと大きな駅らしく、休日なのも手伝って、ホームはかなり賑わっている。

さっきまで熟睡していた水無月さんも、賑々しさにすっかり目が覚めた様子。ぱっちりとした二重の瞳で駅名標を確かめると、なぜかがっくり肩を落とした。

「寝てる間に着いてしまいました……」

はあ、とため息をこぼす水無月さん。

車窓から景色を楽しみたかったのだろうか。

「ごめんごめん。気持ちよさそうにぐっすり寝てたから、起こすに起こせなくて。疲れは取れた？」

「取れましたけど……私が寝てて、退屈じゃなかったですか？」

「平気だよ。読書してたから」

「そうですか……」

なんだか残念そうだ。一緒に旅をしているわけだし、退屈だって言ったほうがよかったかも。

わざとらしく聞こえるかもだが、いまからでも遅くないか。

「まあ、読書するより、水無月さんと話してたほうが楽しいけど」

照れくさく、ちょっとぶっきら棒な言い方になってしまったが、水無月さんは嬉しげに口元をほころばせた。

「帰りの電車では、いっぱいおしゃべりしましょうね」

「もちろん移動中もな」

「はいっ」

ますます嬉しげな顔になっていく。

あのクールな水無月さんが、こんなふうにほほ笑むなんて。以前の俺に言っても信じてくれないだろうな。

この調子で楽しく過ごせば、いつかは満面の笑みが見られるかも。想像するだけで顔がにやけてしまうけど、きっと想像以上に可愛いんだろうなぁ。

「ところで、トイレに行っていい？」

改札を抜けたところで切り出す。

さっきは読書していたと言ったが、内容はほとんど頭に入ってこなかった。

肩にもたれかかられ、緊張でそれどころではなく……カラカラになった喉を潤すため、お茶は全部飲み干した。

一時間ほど前から尿意を催しているが、起こすのがかわいそうになるくらい幸せそうな寝顔だったので、トイレに行こうにも行けなかったのだ。

「もちろんです。えっと、案内図は……」

「あれだ」

ふたりで壁際のほうへ向かう。案内図によると、この先にレストランにパン屋、書店にコンビニ、駅そばなどがあるらしい。

トイレはコンビニの向かいだった。さっそく足を急がせる。

「ここで待ってますね」

男子トイレの前で待つのは恥ずかしいのか、ちょっと離れたところで水無月さんが立ち止まった。

わかった、と告げ、俺はトイレへ急ぐ。

ささっと済ませてトイレを出ると、水無月さんは大学生くらいの男と話していた。

知り合い……ってわけじゃなさそうだ。水無月さんはクールフェイスで、相づちを打つように首を横に振っている。

が、男は動かない。身振り手振りを交え、執拗に話しかけている。どうやらナンパしている様子。

「お待たせ。行こっか」

駆け寄りながら声をかけると、クールだった顔がパッと明るくなる。そして男には目もくれず、こちらへ駆け寄ってきた。

ふたりでその場を離れつつ、念のため訊いてみる。

「さっきのって、ナンパ？」

「そうですよ」

あっさりとした返事だ。しつこくナンパされてたように見えたけど……気にしてないのだろうか。

「怖くなかった？」

「いえ、もう慣れてますから」

「そっか。そうだよな。学校でも告白されまくってるし、美人は大変だな」

ぴた、と水無月さんが足を止める。上目遣いに俺を見て、

「……持谷くんも、私を美人だと思ってるんですか？」

言われて、恥ずかしいことを言ってしまったことに気づいた。

だけど否定するのは失礼だし、実際水無月さんは美人だ。あれだけ告白されていれば、本人も自覚しているはず。ここで認めないのは変だよな。

「美人だと思ってるけど」

それがなにか？　とでも言いたげな感じで肯定する。我ながら素直じゃないが、好きな娘に面と向かって堂々と美人だねと言えるほど、俺は恋愛経験が豊富ではない。

「そ、そうですか。美人だって思ってくれてたんですね……」

言われ慣れてるだろうに、水無月さんは照れくさそうだ。口元を緩めて、赤らんだ頬に手を当てている。

美人と言われるたびにこんな嬉しそうな顔をしてたんじゃ、ワンチャンあると誤解されかねない。だからいつもは無表情を崩さないが、容姿を褒められること自体は嬉しいのだろう。

俺だって水無月さんと付き合いたい。

彼女に好意をアピールしたい。これからは勇気を出して褒めるようにしようかな……。

「じゃ、じゃあ行こうか、美人の水無月さん」

「は、はい……。行きましょうか、かっこいい持谷くん」

褒め返さないと――と気を遣ってくれたのだろう。強烈なカウンターをお見舞いされ、一気に顔が熱くなる。

幸いだったのは、彼女に赤くなった顔を見られなかったことだ。ちらっと横を窺うと、水無月さんもうつむいてしまっていた。

◆

駅から歩いて一五分。水無月さんに連れられてやってきたのは、ありふれた小さな公園だった。

年季の入った滑り台に、雑草に侵された砂場。フェンスは低めで、ボール遊びをすればすぐに車道に飛んでいきそう。そもそも広さが足りないので、ボール遊びには適さない。

だからだろう。公園には人っ子一人いなかった。

「あそこに座りましょう」

そんな殺風景な公園を訪れ、水無月さんはうきうきしている。高級マンションに住んでいると、こういうノスタルジックな光景に憧れを持つようになるのかな？

ひとまず木製ベンチへと向かう。かなり老朽化しているけど、ささくれ立ってはいないようだ。

彼女と隣り合って腰かけ、ふぅと一息吐く。

公園は住宅街のなかにあるが、昼飯時でみんな家にいるのか、辺りは静寂に支配されていた。こうしていると、まるで世界にふたりきりになった気持ちになる。

「静かな場所だな～」

「ですね。期待通りの静けさです」

「知ってたんだ」

「はい。落ち着いてランチできる場所がよかったですから。しっかり下調べして、ここに決めました」

その条件ならもっとほかにもありそうだ。荒廃した公園じゃなく、綺麗な場所のほうがランチを楽しめるのでは？　そんなことを思っていると、俺の心中を察したのか、水無月さんが不安げに訊いてきた。

「持谷くんは……違う場所がよかったですか？」

「そんなことないよ」

気遣いではなく本心から出た言葉だ。

噴水が綺麗だったり花が咲き誇っている公園をイメージしていたのは事実だが、水無月さんと一緒なら、どこであろうと楽園に早変わりだ。不満などあるわけがない。

「気に入ってもらえてよかったです」

安堵したように頬を緩め、そうだ、とスマホを取り出す。

「せっかくなので記念撮影しませんか？」

「一緒に？」

「ふたりで調査に来たわけですから。映画スタッフの記念撮影と同じ理屈です」

看板製作のときも同じ理屈だったっけ。あのときとはちょっと違う気がするけど、俺も撮影は望むところだ。ここなら前回みたいに母さんに見られる心配もない。

だからって照れくさいことに変わりはないけど。

「じゃあ撮ろうか」

「では私のスマホで撮りますね」

そう言うと、少しだけ腰を浮かし、遠慮がちに距離を詰める。太もも同士が触れ合い、ぴくっと肩を震わせるが、俺から離れようとはしなかった。

わずかな温もりと心地良い香りを感じていると、水無月さんがスマホを頭上にかざす。こちらに向けられた画面には、照れ笑いする男女が映っていた。

「それでは撮りますよ？　はい、ちーず」

パシャッと撮影。水無月さんはすぐさま写真を確認すると、満足げに目を細めた。

50
RAW
.5
1×
3

「どんな感じ？」

「こんな感じです」

「へえ。上手に撮れてるな」

「ありがとうございます。さっそく送りますね？」

お願い、とスマホを取り出し、写真が送られるのを待つ。そして届いた写真を確認し、あらためて頬を緩めていると、ぼそっと話しかけられた。

「ところで、どう思いますか？」

「どうって？」

顔を上げると、水無月さんは恥ずかしそうに瞳を揺らしていた。

「私……可愛く撮れてますか？」

「……え？」

「な、なんでもありませんっ。忘れてくださいっ」

戸惑いの眼差(まなざ)しから逃げるように、彼女は顔を伏せてしまう。

忘れてくれと言われても、忘れられない質問だ。

駅を出るときに褒められたのがよほど嬉しかったのだろう。気恥ずかしさは感じるが、褒めてほしそうにしている水無月さんを放ってはおけない。

「ま、まあ……可愛く撮れてたよ」

「ほんとですかっ？」

パッと顔を上げ、キラキラの瞳を向けてきた。まっすぐに見つめられると恥ずかしさがこみ上げてきて、サッと視線を逸らしてしまう。

「ど、どうして目を逸らすんですか？」

「特に理由はないけど……」

「……ほんとに可愛く撮れたと思ってます？」

「思ってるけど……」

「……なんだか気を遣ってるように見えます」

　実際、褒めるのは勇気が必要だった。だけど、水無月さんの喜ぶ顔がまた見たかった。そういう意味では気を遣っているので、咄嗟には否定できず……問いかけから少し遅れて首を振り、

「そんなことないって」

「で、でしたら……今度は私の目を見て言ってください」

　どうもすぐに目を逸らしたのがいけなかったみたいだ。

　わかった……、と宝石のような青い瞳を見つめ、顔が熱くなるのを感じつつ、気持ちを込めて告げる。

「水無月さん、世界一可愛いよ」

「〜〜〜っ」

ぽんっと顔が真っ赤になった。両手で顔を押さえ、足をバタバタさせ、うー、うー、とうめいている。

オーバーリアクションだな。こんなに喜んでもらえると、こちらも勇気を出したかいがある。

ややあって、水無月さんは顔から手を離した。

「ふへへ、ありがとうございます」

目元を細め、頬をゆるゆるにさせている。お手本みたいな照れ笑いだ。

「水無月さん、ほんと上手にほほ笑めるようになったよな」

ぶち切れ寸前みたいな顔を笑顔として披露していた女子と同一人物とは思えない。

「持谷くんが毎日楽しませてくれたおかげです。本当にありがとうございます」

「俺は普段通りに過ごしてるだけだよ」

「でも持谷くんと過ごすのは楽しいです。だからきっと、元から私たち相性がよかったんだと思います」

頬が緩んでしまった。水無月さんにそんなつもりはないんだろうけど、『相性がいい』なんて言われたら、好意を寄せられているような気持ちになってしまう。

「これからも毎日楽しく過ごそうか。そしたらいずれ完全に笑顔をマスターできるようになるよ」

水無月さんがきょとんとした。

「私、まだマスターできてないんですか？」

「ああいや、魅力的ではあるんだけど、まだ伸びしろがありそうというか、満面の笑みは見たことがないなと思って……」

そんなつもりはなかったが、いまのは失礼だったかも。ほほ笑んでいる女性に向かって『完全には笑えてない』なんて。

しかし水無月さんは落ち込まず、真剣な眼差しを向けてきた。

「持谷くんは、私が笑顔をマスターしたら嬉しいですか？」

「そりゃ嬉しいよ」

満面の笑みで接客できればお客さんにも気持ちよく買い物してもらえるし、個人的にも見てみたい。

「ではマスターしてみせます」

「協力するよ」

「ありがとうございます。頼もしいです。それで、どれくらい笑えばマスターしたことになりますか？」

「どれくらい……」

うーん……口では説明しづらいな。かといって見本を示すのも難しい。笑顔を作るのは得意だけど……俺が思うに満面の笑みは心からの笑顔だ。作り笑いではあの多幸感は表現できない。心の底から幸せを感じないと、満面の笑みは浮かばない。

「そうだ。ちょっと待ってて。いい写真持ってるから」

スマホをいじり、アルバム内に目当ての写真を発見する。そこには満面の笑みの幼女が写っていた。

「可愛いですね。どなたですか？」

「俺の従妹」

父さんは一人っ子だが、母さんは三人姉妹の長女だ。末っ子は三〇代になったばかりで娘さんはまだ五歳。年に数回しか会わないけれど俺に懐いてくれていて、会うたびにこうして笑顔を見せてくれる。

「これが満面の笑みだけど……できそう？」

「難しそうですね……顔をこの形にすることはできるかもですけど……正直、すごく照れくさいです」

「気持ちはわかるよ。この歳になると、なかなか満面の笑みってできないよな。さっきは見てみたいって言ったけど、無理はしなくていいから」

水無月さんはほほ笑むことはできるんだ。いまの自然な笑みでも充分に魅力的である。

しかし彼女は首を振り、やる気満々に「マスターします」と宣言する。

だったら協力するしかない。俺だって本音を言えば満面の笑みを見たいから。

「私はどうすればいいですか？」

「まずは照れくささを捨てるといいよ」

「一度大笑いして、自分の殻を破るということですね」

水無月さんは黙り込み、大笑いする方法を考える。

一緒に思案していると、彼女はハッと顔を上げ、伏し目がちに見つめてきた。

「あの……変なお願いしてもいいですか？」

「変なお願い？」

小さくうなずき、

「私をくすぐってください」

……え？

「水無月さんを……くすぐる？」

「はい。それなら大笑いできそうですから……」

たしかにくすぐれば笑うだろう。だけどそれって、身体に触れるってことだぞ？　いいのか？　ほんとに触れちゃっていいのか!?

「……怒らない？」

「そんな騙し討ちみたいなことはしません」

じゃあもうくすぐるしかないかっ！　水無月さんもこう言ってることだし、ほかに案も思いつかないし！

「……で、どこをくすぐれば？」

「どこでも構いません」

「どこでもと言われても……。指定してくれたほうが助かるんだが……」

「では……太ももか、お腹か、脇の下でお願いします」

究極の三択だ。

一番敏感そうなのは脇の下だが、そこをくすぐるには手を上げてもらう必要がある。

今日は暑い。水無月さんも汗ばんでいる。Tシャツとカーディガンで二重にガードしているとはいえ、そこを触られるのは嫌がるはず。

となると太ももかお腹の二択だが……どっちにするべきか……。

「……ずいぶん悩んでますね」

「そりゃな。一応、太ももとお腹の二択には絞ったけど」

「ではいっそ両方くすぐってください」

「両方か……」

これ以上考えても結論は出ない。それでいいならそうしよう。

ごくりと喉を鳴らし、お腹に視線を落とす。

「じゃ、じゃあ、まずはお腹から……」

「ど、どうぞ。好きなだけくすぐってください……」

スッと背筋を正す水無月さん。服の上からお腹に触ると、ぴくっと身体が揺れた。

手のひらでスリスリと擦ってみる。細身だと思っていたが、触ってみると意外と柔い。

贅肉（ぜいにく）がついているのではなく、ただ純粋に肌が柔らかいのだろう。服の質感も相まって、極上の手触りだ。

「ど、どう？　くすぐったい？」

「くすぐったいと言えば、くすぐったいのですが……」

「笑える感じじゃない？」

はい、と紅潮した顔でうなずく。これ以上お腹を撫でても効果はなさそうだな。

「あ、あの……お腹じゃ弱いみたいなので、今度は太ももを撫でてみてくれませんか？」

恥ずかしそうにそう言うと、撫でやすいように少しだけ脚を開く。スカートが太ももの隙間に沈み、俺はそこへ指を近づけ——

「……ぁっ」

つんと突いた瞬間、小さな甘い声が響き、心臓がびくっと跳ねた。

「も、もうやめる？」

「い、いえ、続けてください……」

「じゃあ……」

手のひらで太ももを撫で、水無月さんの感じるポイントを探す。

外側を撫でているときは艶やかな吐息を漏らすだけだが、内側に触れると身体が小さく跳ね、甘い声を漏らす。

どうやら内ももが弱点らしい。

俺は手を内側にまわす。

「ふ、くっ」

中指を動かして、内股を擦る。

「んっ、ぁうっ」

内股をかりかり引っ掻くと、次第に甘い声が大きくなってきた。恥じらうように身体をくねらせ、唇を噛みしめ、声が漏れるのを我慢している。

目的は大笑いだったはず。なのに笑うどころか、声を我慢するって……。これはもう、なんていうか、前提が崩壊してしまったのでは――

「こんにちはーっ！」

「――っ⁉」

突然見知らぬひとから挨拶され、内股から咄嗟に手を離す。それと同時に水無月さんが開かれていた脚を勢いよく閉ざした。

元気に挨拶してきたのは、六歳くらいの子どもたちだった。公園に遊びにきたようで、俺たちに満面の笑みを向けている。

「こ、ここ、こんにちは！　さ、さーて、お弁当を食べましょうか！」

「だ、だな！　俺たち弁当を食べに来たんだもんな！」

わざとらしく声を張り上げる俺たちに、子どもたちはニコニコと手を振って、滑り台で遊び始めたのだった。

子どものはしゃぎ声をBGMにランチを楽しんだあと――。

◆

汗ばむ陽気のなか、俺たちは『倉井軒』へ向かっていた。

大きな川にかかる橋を渡り、コンビニを右折すると、住宅地内の生活道路に出る。その道を進んでいると、『倉井軒専用駐車場』に行きついた。そこを左折した先に、いかにも老舗な建物が佇(たたず)んでいる。

「やっと涼めますね」

「暑かったもんな。俺なんてめっちゃ汗かいたよ」

「帰りはタクシーにします？」

「水無月さんの好きなほうでいいよ」

「では歩きにしましょう。持谷くんとおしゃべりしてたら、長い道のりもまったく苦じゃなかったですから」

「俺もだよ」

公園では死ぬほど気まずかった。『めっちゃエロいことをしてしまった』という実感が湧いてきて、話そうにも言葉が出ず……。水無月さんも同じ気持ちだったのか、うつむきがちに弁当をもそもそ食べていた。

しかし、気分転換とは少し違うが、公園を出て黙々と歩いているうちに心が落ち着き、どちらからともなくまた話を始めた。

天気の話だったり、宿題の話だったり……。他愛のない話だが、しゃべっているうちに気まずさは影を潜めた。

彼女の感触や甘い声は鮮明に残っているけど、あえて思い出そうとしなければ変に意識せずに済む。

さておき、『倉井軒』に到着だ。

土曜日の昼なので激混みを覚悟していたが、思っていたより客は少なかった。それでも賑わっていることに変わりはなく、閑古鳥が鳴いているうちとしては羨ましい限りだ。

「さっそく調査しましょう」

やる気を滾らせる水無月さん。産業スパイの気分なのか、声を潜めている。

そうだった、そうだった。デートみたいな旅にすっかり夢中になっていたけど、目的は調査だった。

『倉井軒』が人気店となった理由を探り、参考になるところはぜひ参考にさせてもらおう。

「持谷くん、これ見てください」

やるべきことを思い出していると、水無月さんがちょっと離れたところから呼びかけてきた。

いつの間にか彼女は店頭に置かれたショーケース前に移動していた。そちらへ行くと、ケースには和菓子のサンプルが展示されていた。

そしてそれを俺たちのほかにも多くのお客さんが眺めている。

「これ、まるで本物みたいですね」

「色合いも艶も質感も完璧だよな」

しかもただ精巧なだけじゃない。どら焼きもまんじゅうもフルーツ大福も断面を見せていて、より美味しそうに感じられる。

「これをマネすれば目を引きそうです」

「目を引くだろうなぁ……。ただ、問題は置き場だな」

費用にはこの際目を瞑るとして、一番の問題は置き場所だ。

看板は外に設置したけど、一応ギリギリ敷地内。明らかに敷地外に商品を並べてる店もあるし、通行の妨げにさえならなければ役所も目を瞑ってくれるだろうけど、だとしてもショーケースの設置は難しい。

『倉井軒』と違って、うちの店先にそんなスペースはない。教室のドアの前に横長テーブルを置くようなもので、ショーケースを設置すれば入店の妨げになってしまう。

「庇からぶら下げるという手もありますが」

「それはそれで目を引きそうだけど……水無月さんって、パン食い競争知ってる？」

「はい。中学校の体育祭でやりました」

「水無月さんは運動得意だから、大活躍してそうだな」

「一着でしたよ。ただ、パンを咥えるのはすごく苦労しましたが。何度も何度もおでこにぶつけて……」

　俺の言わんとしていることを察したみたいだ。残念そうにため息を吐き、

「ぶら下げるのはやめたほうがよさそうですね。お客さんが怪我してしまいます」

　触ったことはないが、サンプルはかなり固そうだ。うちの常連客はお年寄りが多いし、頭にぶつければ大事になりかねない。入店時に注意すれば済む話だが、店を訪れるたびに不安な思いはさせたくない。

　サンプルに見切りをつけ、入店する。

　店内は広々としていた。右側が販売スペース、左側が食事スペースになっている。

　どうやら満席らしく、順番待ちのため名前を記入。販売スペースで時間を潰すことに。

　販売スペースには大きなガラス窓があり、その向こうで職人が和菓子を作っていた。

「あれ、いいかもですね」

「ああして作ってるところを見れば、より美味しそうに見えるな」

「ですね。ただ、持谷くんのお店は作業場がのれんで隠れてますから……」

「のれんを外したところで、作業場は一部しか見えないしな」

「はい。ですので、たとえば写真を飾るのはどうでしょう？」

「父さんの写真？」

「おじさまの写真です。野菜みたいに生産者さんの顔写真があれば、購買意欲も増すかもです」

「名案だけど、顔写真は避けたいかな」

「なぜですか？」

「父さん、強面だから」

あの顔を見れば、ぜんざい好きの幼女は水無月さんを見たときとは比にならないくらい怖がるだろう。

地元の子どもは将来のお客さん候補だ。店にトラウマを抱かせるわけにはいかない。

「持谷くんのお父さんなだけあって、とても優しい方ですよ。お皿を運ぶときも、いつも『階段で転けないようにね』って気にかけてくれますから」

父さんが優しいことは知っている。

ただ、写真だけでは性格は伝わらないわけで……。

「手元の写真にしよう」

「手だけですか？」

「団子を焼いてる手元だよ」

「それは食欲をそそりそうですね。名案だと思います」

水無月さんのお墨付きだ。帰ったらさっそく父さんに相談してみよう。

そう考えつつ、俺たちは土産の和菓子を見てまわる。そうしていると「二名でお待ちの持谷様ー」と呼びかけられた。

店員に案内され、窓際のテーブル席に着く。金ぴかの文字で『倉井軒』と箔押しされたメニューブックを開き、水無月さんが見やすいようにテーブルに置く。

　ちょっとした気遣いに「ありがとうございます」とほほ笑み、彼女はメニューに視線を落とした。

「ひとつひとつ写真付きで紹介されてますね」

「ファミレスみたいだな。うちもイートイン用にぜんざいとかの写真を飾ったほうがいいかも」

「そうしたほうが二階を利用してもらえそうですね」

　言いながら、パラパラとページをめくっていき、

「決めました。本日のオススメにしてみます」

「俺は抹茶水ようかんにしようかな。あと煎茶で」

「私も飲み物はそれにします」

　注文が決まり、ボタンを押すと、店員が駆けつけてきた。注文を伝えると、にこやかに
「少々お待ちください」と去っていく。

「あれ、素敵ですね」

「素敵って、笑顔が？　水無月さんもあれくらい素敵に笑えてるけど……」

　ありがとうございます、と上機嫌そうにはにかみ、

「笑顔ではなく、服装のことです」

「あー、たしかに和菓子屋っぽいな」

旅館の仲居さんみたいな和服だ。時代劇に登場する茶屋の看板娘みたいな服でもあり、店の外観にマッチしている。

あれならうちの店で着用しても浮かないはず。なにより個人的に水無月さんの和服姿を見てみたい。

「和装するのは名案だな」

「私も一度着てみたいです。通販にありますかね？」

「あるんじゃないかな」

「では今度調べてみますね」

なんて話していると、店員がやってきた。お待たせしました、ごゆっくりどうぞ——とテーブルに注文の品を置く。

「美味しそうですね」

本日のオススメを見て、水無月さんが言った。

透明な皿には白ういろうに小豆を載せた、三角形の和菓子が載っている。

懐かしいな……。昔、うちにもあったっけ。味が想像しづらいのか、売り上げが芳しくなかったようで、五年くらい前に消えたんだった。

「俺も好きだよ、水無月」

「……え？」

きょとんとされた。雪みたいな白い肌が、じわじわと赤みを帯びていき——

「え、ええ⁉　突然なにを言うんですか⁉」

あ、そっか。水無月さんは知らないんだ。

これじゃまるでいきなり告白したみたいだな。

「違う違う。和菓子だよ和菓子。それ、水無月って名前なんだ」

「あ、ああ、そういうことでしたか……。私、てっきり告白されたのかと……」

「こんなところで急に告白したりしないって」

ここで慌てると意識してるみたいになってしまうため、軽い口調で否定する。

すると水無月さんは顔を曇らせ、悲しげにため息を吐いた。

「そうですか……」

まずい。落ち込ませてしまった。

そんなに強く否定したつもりはないが……彼女はこれまでに告白されることはあっても断られることはなかったんだ。ショックを受けても無理はないのかも。

かといって、「好きだよ！」とは言えない。帰りの電車がクソ気まずくなってしまう。

今後の付き合いのためにも、きちんとフォローしておかないと。

「もちろん水無月さんのことが嫌いって意味じゃないからな？　水無月さんは可愛いし、店のことで助けてもらってるし、一緒にいて楽しいし、嫌いになる要素とかないから」

「なのに告白する気はないんですか……？」

ますます悲しまれてしまった。あんなに褒めたのに、いったいなぜ……？　もしかして褒めたのが逆効果だった？　魅力的だと言いながら『まあ告白はしないけどね』では気を遣われたと思われても仕方ないのかも。

　ならば告白できない理由を語り、『だったら仕方ありませんね』と納得してもらうしかない。

「ほら、水無月さんは資産家の娘だろ？」

「はい」

「対する俺は、小さな和菓子屋の息子だろ？」

　そこまで聞き、水無月さんは俺の言いたいことを察したみたいだ。

「つまり、釣り合わないから告白しない、と言いたいのですか？」

「まあ、そういうこと」

　本当は、もうひとつ理由がある。そしてもうひとつの理由のほうが、水無月さんに告白できない本当の理由だったりする。

　もし彼女と仲良くなければ、ダメ元で告白するのもありだった。そして振られた者同士――たとえば矢野と「お前も振られたのかよ」「俺たち仲間だな」なんて盛り上がるのも青春の一ページみたいで楽しそうではある。

　だけど俺たちは仲良くなってしまった。

　もしここで告白して断られようものなら、いまの心地良い関係がぶち壊しになり、死ぬほど後悔するハメになる。

それこそが告白に踏み切れない一番大きな理由だ。それを言えば告白しているのと同じなので、一つ目の理由で納得してくれればいいのだが……

水無月さんは、納得してくれなかった。

「私はお金持ちだからって遠慮してほしくありません。そもそも持谷くんには一〇〇億の借りがありますから、釣り合ってます」

借りの話をされるのはひさしぶりだ。

最近話題に出ないので忘れかけていたが、水無月さんは『他人に借りを作るべからず』というポリシーを持っている。

だから彼女は一〇〇億の借りを返済するために、『甘味処もちや』で働いてくれているのだ。

水無月さんの働きには感謝してるけど、できれば借りのことは忘れてほしい。そして、これからも俺と毎日楽しく過ごしてほしい。

……まあ、借りを返したうえで『甘味処もちや』に居続けてくれるかはわからないが。

それに大きな借りを返し終えたら、また「借りを作るわけにはいきません」と遠慮され、クラスメイトにしているように俺を遠ざけようとするかも……。

そう考えると不安な気持ちになってしまう。

我知らずため息が漏れたのか、

「ごめんなさい。持谷くんを困らせてしまいました……」

と、水無月さんが申し訳なさそうに謝ってきた。

「べ、べつに困ってないからっ。と、とにかく俺は水無月さんのことを魅力的なひとだと思ってるし、水無月さんのことを嫌いに思ったことは一度もないからな?」

「ほ、ほんとですか?」

「ほんとだよ。ただほら、えっと……そうっ。母さんに『学生の本分は勉強』って言われてて。でも、恋人ができたら確実にそっちを優先しちゃうから……だから告白はしないんだよ」

「なるほど、そういう事情でしたか」

よかった……今度こそ納得してくれたみたいだ。

悲しみが癒えたようで一安心だ……。安心したらお腹が空いてきた。そろそろ和菓子を食べようかな。

「さて、いただこっか?」

「そうですね。早く水無月の味が知りた……」

水無月さんが急に黙り込む。

そして、なにやら照れくさそうに見つめてきた。

「あの……ひとつご相談があるのですが」

「相談?」

「はい……同名の和菓子があると、どっちのことを言ってるのかわからなくなりますから

「……これからは水無月ではなく、下の名前で綾音と呼んでくれませんか？」

「下の名前で……？」

「も、もちろん、ふたりきりのときだけで構いませんから」

たとえ知り合いの前じゃなくても『綾音さん』と呼ぶのは恥ずかしい。だけど、下の名前で呼び合えば一層仲良くなれるはず。

「わかった。これからは綾音さんって呼ぶよ」

めっちゃ照れくさいなこれ。

水無月さん……もとい綾音さんは嬉しげにはにかみ、

「私だけが名前で呼ばれるのは悪いので、ふたりきりのときは奏太くんって呼んでもいいですか？」

「あ、ああ、いいよ」

「ふふ。ありがとうございます、奏太くん」

めっちゃ嬉しいな、これ。呼び方を変えただけで急に距離が縮まった感じがする。目が合っただけで、お互いに照れ笑いしてしまう。

「じゃあ食べよっか、綾音さん」

「ですね、奏太くん」

付き合ってる気分になってきた。

思わずニヤニヤしてしまいつつ、ぷるぷるとした抹茶水ようかんをスプーンですくい、口へ運ぶ。

つるんとした舌触りで、なめらかな口溶けだった。口のなかに抹茶の風味がふんわりと広がる。あんこの甘さは控えめで、さわやかな後味が余韻として残る。

「ごちそうさま」

最後の一口まで美味しくいただき、ぬるくなった煎茶で一息吐いていると、ポケットが振動した。

スマホを取り出すと、メッセージが届いていた。

「なにを見てるんですか？」

「友達から遊びの誘いが来て。明日一〇時から遊ぼうぜって。矢野って知ってる？」

「クラスメイトの矢野くんですか？」

「そうそう。よく知ってるな」

「わかりますよ。うっかり借りを作らないように避けてはいますが、クラスのみなさんを嫌ってるわけじゃありませんから」

うっかり借りを作らないように、か……。

綾音さんは美少女だ。たとえそこまで仲良くなくても、気を引こうと誰も彼もが手助けしたがるだろう。そうならないように彼女はクラスメイトを避けている。最近まで、俺もそのなかに含まれていた。

下の名前で呼び合うくらい親しくなったけど、彼女は『他人に借りを作るべからず』というポリシーを持っているのだ。だとすると借りを返し終えたとき、俺から離れてしまうのではなかろうか……。

名前呼びが嬉しくて忘れていた不安が蘇り、憂鬱な気分になってしまう。

このまま綾音さんを借りで縛りたくない。

でも綾音さんとの交流が終わるのも嫌だ。

理想は借りを返し終えても俺のそばにいたいと思ってもらうことだが……そのためにはポリシーを曲げてもらわなきゃならない。

だけど綾音さん、頑固だからなぁ……。

ていうか、そもそも――

「どうして綾音さんのお父さんは『他人に借りを作るべからず』とか言い出したんだ？」

「昔、貸し借りが原因でトラブルに見舞われたそうです」

隠すような話じゃないのか、綾音さんはあっさり教えてくれた。

具体的な事情はわからないが、この場合は彼女のお父さんが借りを作った側だろう。

貸し借りでトラブルが起きるのは珍しい話じゃない。俺自身、その経験はある。

あれは小六の冬だったか。当時一番仲が良かった友達に漫画を借り、後日見返りとして漫画を貸すことになった。お気に入りの漫画だったのでほんとは嫌だったけど、こちらも借りた手前、心情的に頼みを断ることはできなかった。

そして返ってきたとき、漫画の帯が消えていた。

友達は「破れたから捨てた」と悪びれる様子もなかったが、俺は帯は取っておく派だ。

喧嘩になり、口を利かなくなり、中学生になると別々のクラスになり、すっかり疎遠になってしまった。お互い違う高校に進学したし、街中ですれ違っても、彼女と話すことはないだろう。貸し借りが原因で、俺は友達を失ったのだ。

俺の話はさておこう。

綾音さんは資産家の娘だ。借りを作れば、見返りにお金をせがまれるかもしれない。

当然、断ることはできる。だが断ればケチだと罵られるかもしれない。他人に嫌われるのは、それだけでかなりのストレスになる。それが借りを作るくらい頼りにしている相手ならなおさらだ。

貸しても返済が滞り、持ち逃げする気なんじゃないかと疑いが膨らみ、人間不信に陥るかもしれない。

あくまで俺の推測だが、資産と娘を天秤にかけ、迷わず娘を選ぶくらいだ。可愛い娘にトラブルとは無縁の人生を送ってもらうため、『他人に借りを作るべからず』と教えたのだろう。

その教え自体を否定する気はないけど……だとしても、やっぱり俺は綾音さんと今後も楽しく過ごしたい。ポリシーを曲げるつもりはないか、探りを入れてみよう。

「綾音さん、前に言ってたよな？　他人と触れ合いたくないと言えば嘘になってしまう、って」

「言いましたが、ひとりで過ごすのが嫌なわけではありません。うっかり借りを作らずに済みますし、クラスのみなさんと触れ合いたい気持ちもないとは言いませんが、それでもやはり、私はひとりが心地良いです」

——私はひとりが心地良いです。彼女とお近づきになろうとした者が聞かされる台詞を耳にして、俺は黙り込んでしまう。

まだ告白してないのに、失恋した気分だった。ひとりでいるのが心地良いってことは、『借りを返し終えたら俺から離れてしまう説』が濃厚になったわけだから。

もちろん認めたくはない。反論材料だってある。綾音さんは、俺といるときは心地良さそうにしてくれている。

だけどそれは『すでに一〇〇億という大きな借りがあるから』かもしれない。

一〇〇億という大きな借りがある以上、いまさら俺に頼ったところで些細なこと——。

その台詞が心に響き、ポリシーを気にせずに過ごせているが、借りを返せば遠慮がちになるかもしれない……。

「あ、でも最近は違いますよ」

綾音さんが、ご機嫌そうな声で言う。

「最近はひとりで過ごすより、奏太くんと一緒にいるほうが心地良いですから。だから、これから先も、奏太くんのそばにいたいです。ずっとずっと、いつまでもこうして楽しく過ごしたいです」

その言葉に、俺は泣きそうになってしまった。

めっちゃ嬉しい！

綾音さんはずっと俺のそばにいたいと思うくらい、いまこの瞬間を楽しんでるんだ！

だったら借りを返し終えても俺のそばにいてくれるよなっ！

舞い上がっていると、綾音さんが甘えるような声で続ける。

「私、奏太くんがいないと寂しいですから……もしよかったら、矢野くんと遊んだあと、私と過ごしてくれませんか？」

「いいよ」

「ほ、ほんとですか？　疲れるなら断ってくれても構いませんけど……」

「平気だって。ていうか遊びの誘いは断るつもりだったし」

「どうしてですか？　私に気を遣ってるなら、そんな必要はないんですけど……」

「そういうわけじゃないよ。明日は仲良しグループでボウリングするらしくてさ。かなり盛り上がると思うし、いつもの流れなら、そのあとゲーセンに寄ったりすると思うから。そしたらヘトヘトになるだろ？」

「なりそうです」

「だろ？　もちろんヘトヘトになるまで遊ぶのは楽しいけど、月曜に小テストがあるし。

まだ全然勉強してないから、そのための体力は残しておきたいんだよ」

次の月曜、小テストを実施すると事前に予告されている。ちなみに教科は俺が最も苦手とする数学だ。しかも疲労がピークに達する六時間目に行われる。

あぁ、テストのことを考えてたら憂鬱になってきた……。

「でしたら、私の家で一緒に勉強しませんか？」

「綾音さんの家で⁉」

一瞬で憂鬱な気分が吹っ飛んだ。

「私は奏太くんと一緒ならなんでも楽しいですし、一度遊びに来てほしいと思ってましたから。それとも自宅のほうが落ち着いて勉強できますか？」

「い、いや、綾音さんの家に行くよ！」

こんなに早く彼女の家に行けるとは。これを機にもっと仲良くなれるかも！

明日のことを考えると、いまから待ち遠しくなるのだった。

そして翌日。

日曜日の一〇時過ぎ、俺は『甘味処もちや』にやってきた。

今日は綾音さんの家で勉強会。昨日散々歩いたのに今日も歩かせるのは悪いので、現地集合ということになっている。

綾音さんは気にしないだろうけど、手ぶらで行くのもなんなので、お菓子を持っていくことにしたのだった。

和菓子屋にはほぼ毎日訪れてるけど、客として来るのははじめてかも。少し緊張しつつ入店すると、母さんが意外そうな顔を向けてきた。

「あら、奏太。今日は友達の家に行くんじゃなかったの？」

「手土産を買って行こうかなって」

言いつつ、ショーケースに視線を落とす。

開店間もないからか、売れた形跡はなかった。いつかショーケースが空っぽになる日が来るといいけど……。

『倉井軒』を参考にすれば、売り上げも変わるだろうか？

「母さん、写真の話は覚えてる？」

「もちろんよ。パパはちょっと照れてたけど、さっき撮ったわ。明日にでもプリントして飾るわね」

『倉井軒』の人気要素のうち導入できそうなのは『製造者の写真』と『和装』のふたつだ。そして昨日のうちに両方とも導入の許可は得た。これで少しでも売り上げに貢献できるといいのだが。

「で、なににするの？」

「そうだなぁ……オススメの和菓子ってある？」

「今日は暑いから水ようかんがオススメよ」

「じゃあ水ようかんをふたつで」

財布を取り出すと、母さんがくすっと笑う。

「バカね。息子からお金取ったりしないわよ」

「でも売り上げになったほうが助かるだろ？」

「よけいな気遣いしないの。店を手伝ってくれるだけで助かってるんだから。水無月さんにもあとで『いつもありがとう』って伝えておいてね」

母さんはニコニコした顔でそう言った。わかった、とうなずきかけ……ハッと気づく。

俺は綾音さんの家に行くとは言ってない！

昨日母さんには「水無月さんも休むっぽい」とだけ伝えたが、同じタイミングで休めば密会を疑われてもおかしくないか……。

ただ勉強をするだけだが、親に知られるのは小っ恥ずかしい。誤魔化さねば！

「今日行くのは違う友達の家だからっ。水無月さんには月曜日に伝えるからっ」

「はいはい。行ってらっしゃい」

　あぁこの顔、信じてないな……。

　にこやかに手を振られ、顔を熱くしたまま退店する。そしてカバンに水ようかん入りの袋を詰めると、俺は気を取りなおして駅方面へ向かった。

　ややあって、立派なマンションが見えてきた。

　有名デザイナーが手がけてそうな、洗練されたデザインのマンションだ。一流ホテルのような高級感漂う入り口に萎縮しつつエントランスへ向かう。オートロックらしいので、このまま部屋へは直行できない。

「んっと……綾音さんの部屋番号は……」

　念のためメッセージアプリを開き、部屋番号を再確認する。呼び出しボタンを押すと、お淑やかな声が返ってきた。

『いま開けますね』

　モニターから外の様子が見えるらしい。会話を交わさずにそう言うと、ドアを解錠してくれた。エレベーターで最上階へ行き、フロアの最奥へと向かう。そしてインターホンを鳴らすと、がちゃりとドアが開かれた。

「迷いませんでしたか？」

　開口一番、俺を気遣ってくれる。

「え？ あー……まあ、うん。だいじょうぶ」

しかし俺は、曖昧な返事しかできなかった。

なぜなら綾音さんは部屋着姿だったから。

部屋にいるので当然と言えば当然だが、だぼっとしたデカTにショートパンツといつもよりラフな格好だ。制服を着用する際は黒タイツを穿いているのに、今日は生足を晒していた。はじめてお目にかかる生足に、思わず熱い視線を向けてしまう。

綾音さんは太ももをモジモジと擦らせながら、

「へ、変……ですか？」

「え？ な、なにが？」

ハッと顔を上げると、綾音さんはどこか期待するような表情だった。

「服装です。今日はお家で過ごすので、楽な格好にしてみたんですけど……」

「い、いいと思うよ。普通に似合ってるし、その……か、可愛いし」

照れくささを感じつつも褒めてみると、綾音さんは「ふへ」と頬を緩めてくれた。

あー……可愛いなぁ……。こんな顔を見せられたんじゃ、いますぐに告白して付き合いたいと思ってしまう。関係が壊れるのが怖いし、そんなことはできないけど。

それでも、いつかぜったいに付き合ってみせる！

「ありがとうございます。奏太くんもかっこいいですよ」

「そ、そう？ ありがと。これ、上下で二五〇〇円」

「買い物上手なんですね」

気恥ずかしくてどうでもいいことを口走ってしまったが、彼女はにこやかに受け止めてくれた。

「さて、立ち話もなんですから入ってください」

「お邪魔します」

綺麗な玄関でクツを脱ぐと、スリッパを出される。鏡のようなフローリングを汚したくなかったので、ありがたく履かせてもらうことに。

「場所はリビングでいいですか？」

「どこでもいいよ」

本音を言うと寝室にも入ってみたいけど……ただでさえ廊下に漂う甘い香りの生活臭にドキドキしているわけで。これで寝室の匂いを嗅げば、俺は間違いなく破顔するだろう。ニヤニヤされたら綾音さんも嫌がるはずだ。

そんな思いをひた隠し、俺はリビングに通された。

広々とした空間だった。ふわふわのカーペットに、白い革張りのソファに、オシャレなガラスのテーブルに、でっかいテレビ等々――。広さも家具も、俺の部屋とは大違いだ。なんていうか、実にエレガントである。

「オシャレな部屋だな」

「お父さんのセンスです。ひとり暮らしをすることが決まり、家具を買い揃えてくれたん

ですよ。私にはそういうセンスがないので助かりました」

てことは『他人に借りを作るべからず』は家族には適用されないわけか。さすがに娘から育児放棄を促されればお父さんも待ったをかけるだろうし、当然と言えば当然だが。

「ここに越してくるまでは、どこに住んでたんだ？」

「いろいろです。お父さんと一緒に各地を転々としてました」

綾音さんは人付き合いが希薄どころの騒ぎじゃない。友達どころか知り合いすらも作らないなら、転校することに抵抗がないのも無理はない。

でも、それってつまり……

「……また転校するかもしれないのか？」

不安を吐露すると、綾音さんは優しく微笑する。

「奏太くんがいるのに転校なんてしませんよ」

「そ、そっか……」

よかった。好きな娘が遠くに行くとか耐えられないからな。遠距離恋愛するひととか、よく我慢できるよな……。

ほっと安堵していると、綾音さんは続けた。

「それに、いまの高校はお母さんの母校ですから。ちゃんと卒業したいです」

綾音さんの口から母親の話題が出るのははじめてだ。

一切話題に出なかったので、険悪か離婚か死別だと予想を立ててはいたが……こうして穏やかな表情で母親の話をするってことは、少なくとも険悪な関係ではなさそうだ。

「お母さん、日本に住んでたのか」

「家族の仕事の都合で、海外から日本に越してきたそうです。お母さん可愛くて、すごくモテたそうですよ。まあ、写真でしか見たことありませんが」

「写真でしか？」

「私が物心つく前に、病気で亡くなってしまいましたから」

「そうなんだ……」

「はい。もちろん悲しくないと言えば嘘になりますが、物心つく前の話なので、そこまでつらくはないんです」

ですが、と綾音さんは顔を曇らせる。

「お父さんは、いまでも悲しんでます。お金があるのに救えなかった、と。だからこそ、お金で救える命は救おうと多額の寄付をしてますし、それでもまだ足りないからとボランティアに励んでるんです」

「そっか……。立派なお父さんだな」

「はい。誰よりも尊敬する父です」

誇らしげにそう言うと、綾音さんは気を取りなおすように手を叩いた。少ししんみりとした空気を吹き飛ばすように明るい声で、

「では勉強しましょうか」

だな、とカーペットにあぐらをかくと、綾音さんが隣に座った。ふわっとシャンプーの匂いが漂ってくる。色白の太ももがコツンと膝に触れ、心臓がどくんと跳ねた。

距離感が近いのは嬉しいが、これじゃ勉強に集中できない。

「せ、狭くない？」

「……離れたほうがいいですか？」

甘えるように囁かれ、離れてくれと言える男がいるだろうか？

「べ、べつにこのままでいいけど。こっちのほうが教室にいるみたいで集中できるし」

くす、と可愛い笑い声がした。

「奏太くん、集中どころかよく居眠りしてますよね」

「バレてた？」

「バレバレです。私、先生に怒られるんじゃないかってハラハラしてるんですよ？」

「ごめんごめん。なるべく居眠りしないように気をつけるよ」

応援してます、とエールを送られ、二度と居眠りするまいと決意する。

「あっ、そうでした。私も勉強道具を持ってこないと」

「うっかりしてるなぁ」

「男の子を部屋に入れるのははじめてですから、少し緊張しちゃって……。今後も遊びに来てほしいですから、早く慣れるように頑張りますね」

そう言うと、パタパタとスリッパの音を響かせて、綾音さんが去っていく。テーブルに勉強道具を広げ、筆記用具を取り出していると、彼女が戻ってきた。

　筆箱と二冊の本を抱え、そのうち一冊を俺に向けてくる。

「これ、一緒に解いてみませんか？」

「なにこれ？」

「問題集です。一緒にやろうと思って、昨日帰りに同じのを二冊買ったんです」

　昨日駅前で別れたあと、書店に寄ったらしい。

　まずは教科書を読み返そうと思っていたが、俺のためにわざわざ買ってくれたのなら、ありがたく使わせてもらおうかな。

「ありがと。解くのはいいけど、小テストの範囲がどこまでかわかるのか？」

「問題集の『問20』までです」

　問題集をめくってみると、大問ひとつにつき小問が三つはあった……。元々数学は苦手なのに、これだけ解くのか……これは骨が折れそうだぞ。

　綾音さんと勉強できるなら苦じゃないけども。

「じゃ、始めよっか」

「はい。始めましょう」

　そうして俺たちは問題集に取りかかり——


「終わったー！」

全問解き終えた瞬間、俺は背中から倒れた。カーペットのふわふわが気持ちいい……。

「お疲れ様です」

綾音さんに労(いた)わられ、俺は上半身を起こす。

ちなみに綾音さんは俺が半分解き終える前に全問終わらせた。そして急(せ)かすことなく、お茶を出してくれたり、ファイトです、と声をかけたりしてくれた。

「綾音さんのおかげで頑張れたよ」

どういたしまして、とほほ笑み、名案が閃(ひらめ)いたようにパチンと手を叩く。

「そうだ。せっかくなので、お互いの答案を採点しませんか?」

「お互いの答案を……」

「他人の答案を見れば理解がより深まると思ったのですが……嫌でしたか?」

俺がちょっと黙ってしまったのを、嫌がっていると捉えたらしい。不安げな顔をされ、俺はすぐに首を横に振る。

「そうじゃなくて、ふと昔のことを思い出してさ」

「昔の?」

きょとんと小首を傾(かし)げる彼女に、俺は当時の話を聞かせた。

「小学生の頃、親友と採点で勝負してたんだ。勝ったほうが負けたほうの言うことを聞くって。そいつめっちゃ頭良くて、いつも俺が負けててさ。そのたびに和菓子をねだられたんだ」

　俺の友達のなかで唯一、シュークリームよりどら焼きが——洋菓子より和菓子が好きな奴（やつ）だった。そいつと仲良くなったのも、親に連れられて店に来たのがきっかけだ。

　たしかはじめて交わした会話は「子どもがお店屋さんごっこしてるー！」「ごっこじゃない。働いてるんだ！」だったと記憶している。

「いまでも店に来てるんですか？」

「もう何年も来てないよ。喧嘩（けんか）して、疎遠になって、それきりだ」

「そうですか……。いまどこでなにをしているかもわからないんですか？」

「人づてに賢華（けんか）学園に進学したとは聞いてるよ」

　綾音さんが、目をぱちくりさせた。

「賢華学園って、女子校でしたよね？」

「そうだよ。そいつ女子校だから」

「そ、そうですか。ちなみにですが……その娘のことは名字呼びでした？　そ、それとも……名前で呼んでました？」

「名字だけど……」

　質問の意図がわからないが、綾音さんは「そうですかっ」と嬉しげな声を上げる。

「では、その娘の手料理を食べたことはありますか？」

「ないよ」

「その娘をくすぐったりしましたか？」

「してないよ。親友だったけど、一応は女子だから。俺なりに無意識のうちに気を遣ってたんだと思う」

「そうですかそうですか」

俺のエピソード話が面白いのか、綾音さんはどんどん表情を明るくさせていった。この調子で楽しませれば、満面の笑みを見ることができるかも。

親友との思い出を振り返り、新たなエピソードを投下する。

「そいつと一緒に寝たことがあるんだけどさ、寝相が悪くて大変だったよ」

「一緒に寝たんですか⁉」

驚愕（きょうがく）の表情だ。小学生の頃の話とはいえ、お嬢様な彼女としては、男子と女子が一緒に寝るのは信じがたいのだろうか。

「ただの昼寝で、どっちかの家に泊まったわけじゃないけどな」

そうですか……、と綾音さんは悩ましげな顔をする。そして、なにか思いついたのか、ぽんとカーペットを叩き、

「奏太くん、ここにごろんしてください」

「なんで？」

「疲れてるように見えますから。さあ、ごろんしてください」

たしかに勉強で疲れたが、仮眠を取るほどじゃない。だけど心配させるのは悪いので、仰向けに寝転がってみる。

あぁ……これ、めっちゃ気持ちいいな……。ふかふかのカーペットが疲れを吸い取ってくれるみたいだ。

「私も少し休憩しますね」

言いながら、彼女が隣に寝そべってきた。ちょっと寝返りを打てば覆い被さってしまいそうな距離だ。しかも身体をこっちに向けているため、彼女が呼吸するたびに甘い吐息が頬を撫でてくる。

距離感の近さは信用されてる証拠だが、興奮していることがバレたら引かれかねない。このままでいたい気持ちを抑え込み、俺は目線を天井に固定したまま彼女に話しかけた。

「あ、あのさ……俺、横にズレようか？」

「そのままで構いませんよ」

「で、でも男がこんな近くで寝てたんじゃ落ち着かないだろ？」

「私は平気です。だって男子は男子でも、奏太くんは特別な男子ですから……」

「特別？　特別って……」

どういう意味？　と隣を見ると、綾音さんは目を瞑っていた。暑いのか、頬がわずかに火照っている。

「……綾音さん？　寝たの？」

「……」

「おーい、綾音さーん？」

至近距離で呼びかけると、彼女はハッと目を開いた。

「いけません、私としたことが、つい寝てしまいました」

寝起き直後とは思えないハキハキとした口調でそう言うと、満足げに身を起こす。

……本当に寝てた？　もしそうなら寝付きがいいにもほどがあるが……真相を確かめる術はない。

「ああ、そうだ。和菓子好きの親友で思い出したけど、水ようかんを持ってきたんだ」

冷蔵庫で冷やしてもらおうと思ってたが、綾音さんの部屋着姿が衝撃的すぎてすっかり忘れてた。さっそくテーブルに水ようかんを出す。

「ありがとうございます。美味しそうですね」

「もう食べる？　それとも先に答え合わせする？」

「食べちゃいましょう。スプーンを持ってきますね」

パタパタと駆け、キッチンからスプーンを持ってきてくれた。それを受け取り、プリンみたいな容器に入った水ようかんをいただく。

瑞々しい水ようかんにスプーンを通すと、ゼリーのような弾力だ。

つるっと吸い込むようにして口へ入れる。甘さは控えめで、口当たりもとろけるような柔らかさだ。あっさりとした味わいで、後味もすっきりしている。

「美味しいですね」

「頭を酷使したから、一層美味しく感じるよな」

「ですね。勉強中は糖分補給が大事ですから……」

綾音さんが急に黙り込む。

「どうかした？」

「これ、使えるかもしれません」

やや興奮気味な口調だ。

「使えるって、なにに？」

「宣伝です。明日学校に和菓子を持っていき、小テスト前にクラスメイトに配るんです」

「たしかにそれなら生徒への宣伝になりそうだな。上手くすれば家族にお勧めしてくれるかもだし」

スーパーで試食するようなものだ。あれだって宣伝のためにやっているわけで、効果があるから続いている。

「散々頭を酷使したあとですから糖分を欲しているはずですし、私が配れば食べてくれるはずです」

綾音さんは自信ありげだ。たしかに学校のアイドルが配れば値段をつけても売り切れるだろう。それに綾音さんに宣伝してもらうのは考えなかったわけじゃない。

だけど問題がある。

それというのは、綾音さんに迷惑がかかることだ。

お客さんが増えてくれたら店としては大助かりだが、綾音さんに接客された男子生徒がワンチャンあるかもと告白するかもしれない。実際、コンビニでバイトしている女子が「またお客さんに言い寄られたよ～」と愚痴っているのを聞いたことがある。

そんなリスクを孕（はら）んでいるからこそ、いままで提案しなかったのだが……。綾音さんはリスクに気づいてないのだろうか。

「ただ、奏太くんに迷惑がかかるかもしれませんが……」

「俺に？　綾音さんにじゃなくて？」

「どうして私に迷惑が？」

「だってほら、綾音さんに優しく接客されたら好きになって、いままで以上に告白回数が増えるかもだろ？」

「それは断ればいいだけです。私にとってはいつもと変わりませんよ」

本当に気にしてないのか、綾音さんは淡々とした口調だった。

「俺に迷惑がかかるってのは、どういう意味？」

「学校で誰とも話さない私が奏太くんとだけは仲良くしてるって知られたら、関係を変に勘ぐられて、奏太くんが質問攻めにされるかもしれません……」

ああ、そういうことか。わかってはいたが、それで学校では俺に話しかけてこなかったわけだ。

「嫉妬する男子もいるだろうけど、みんな『持谷（もちや）なら仕方ないか』って納得してくれると思うよ。看板の件があるし」

看板落下事故は学校の近所で起きた。ニュースでも取り上げられたし、クラスの全員が知っていた。学校に事故を知らない生徒はいないだろう。

おまけに事故に巻き込まれたのは学校一の美少女だった。俺はC組でしかその話はしてないが、他クラスの生徒から感謝されたし、先生にも褒められた。俺が綾音さんを守ったという話は、全校生徒の知るところとなっているだろう。

命の恩人なら特別扱いされてもおかしくない――。みんなそう納得するはず。

そして綾音さんとの関係を聞かれたら、本当のことを言えばいいだけだ。店を手伝ってもらってるから話したりはするけど、付き合っているわけじゃない、と。

つまり、

「お互いに問題はないということですね？」

「俺はないけど……『他人に借りを作るべからず』はいいのか？」

「どういう意味でしょう？」

「みんなに『店に来てくれ』って頼むのは、借りを作ることになるんじゃないかって」

もちろん、ポリシーを曲げるなら、それはそれで全然構わないのだが。

綾音さんは首を振り、

「お店に来てくれとは言いません。ただ、『私が勤める『甘味処もちや』の和菓子です。おひとつどうですか？』と伝えるだけです」

わざわざ店に来てくれと言わずとも、綾音さんの働く姿を一目見ようと押し寄せるってことか。法の抜け穴を突くようなやり方だが、たしかにそれなら借りを作ることにはならない。

「ありがと。本当に助かるよ」

「いえ、私はきっかけに過ぎませんから」

「きっかけ？」

はい、と綾音さんはにこやかにうなずき、

「奏太くんのお店の和菓子は本当に美味しいですから。それさえ知ってもらえたら、私が店にいなくても来てくれるはずです」

そうなってくれたら本当に嬉しい。

綾音さんの言う通り、味には自信がある。食べてくれたらファンになってくれる生徒も出てくるはず。それが何人になるかはわからないけど、店が賑(にぎ)わう可能性があるのなら、宣伝しない手はない。

そして店が賑わった暁には伝えるんだ。——これで借りは返してもらった、と。

◆

翌日、月曜日。

五時間目の授業が終わり、先生が退室した途端、教室の空気が一気に緩む。

「危ねぇ～、寝るかと思った～」

「俺もわりとギリギリだった」

矢野にうしろから話しかけられ、そちらに顔を向けながら言う。

昼食終わりの昼下がりに眠くなるのは宿命みたいなものだ。昨日、綾音さんに約束したので居眠りしないように気をつけてはいたが、まぶたは終始重かった。不思議なもので、授業中は気を抜けばすぐに寝てしまいそうだったのに、休み時間に突入すると一気に目が覚めるのだが。

「次は数学かー。小テストあるんだよなぁ……」

「対策した？」

「してねえ。持谷は？」

「ばっちりだ。ボウリングの代わりに勉強したからな。昨日は何時まで遊んだんだ？」

「夜までがっつり。ボウリングのあとゲーセン寄って、ファミレスで駄弁って解散した。おかげで宿題だけで手一杯だったぞ。持谷もなんだかんだ勉強サボると思って安心してたぜ……」

綾音さんに誘われなければ、俺も小テストの勉強はほどほどで切り上げていただろう。中間試験前には勉強するが、小テスト対策だとそんなにモチベーション上がらないし。そもそも勉強は好きじゃなく、こないだ買った参考書もまだ手つかずだしな。

一三〇〇円とそれなりに値が張ったのだが……。まあ、あのとき書店に寄ったおかげで綾音さんを救えたわけだし、後悔はしてないけど。

「あ～……小テスト面倒臭ぇ」

矢野が憂鬱そうにため息を吐いた。俺の近くに座る女子たちも「小テストやだよねぇ」「地味に範囲広いもんね」「小じゃなくて中テストだよね」なんて顔を曇らせている。

そんななか、隣の席に動きがあった。

日直が板書を消し終わるのを待っていたのだろう。綾音さんは机のフックに引っかけていた紙袋を手に取ると、美しい動作で席を立ち、背筋を正して教壇へと向かう。

「ん？　なあ持谷、あれ……」

綾音さんを目で追いつつ、矢野が戸惑うように言う。綾音さんの様子がおかしいことにめざとく気づいたようだ。

教室後方に席を構える彼女が休み時間に前方へ向かうのは、日直として黒板を消すときくらい。

ほかの生徒が普段どんな動きをしているかなんて把握してないが、綾音さんはとにかく目を引く。矢野のようにいつもと違うことに気づき、違和感を抱いた生徒はほかにもいるようで、何人かが不思議そうに彼女を見ていた。

綾音さんが教壇に立つと、矢野はますます困惑したように背中を叩いてきた。

「おい、気づいてるか？　おいって」

「水無月さんだろ？　気づいてるって」

ただでさえ目を引く綾音さんが、目立つ場所に立っているのだ。まだ言葉を発してないのに、すでに彼女は注目の的。

なかには話すのに夢中で気づいていない生徒もいたが――

「お話があります」

淡々とした呼びかけだったが、男子たちが「水無月さんに話しかけられたっ！」と盛り上がったことで、全員が壇上へ目を向けた。

いったいなにを話すのだろうか……、と息を呑み、教室全体が静まりかえる。

綾音さんは咳払いをして、

「今日はみなさんに贈り物があります」

抑揚のない声でそう言うと、紙袋に手を入れた。そこから取り出したのは――

「おまんじゅうです」

教室に再びざわめきが広がる。

そりゃそうだ。『孤高の令嬢』が突然まんじゅうを取り出して、贈り物だと言い出したのだから。孤高らしからぬ発言と、令嬢らしからぬアイテムに、クラスメイトはぽかんとしている。

そんななか、俺だけは平静を保っていた。

もちや

そもそもこれはふたりで立てた計画なのだから。

まんじゅうも、昨日綾音さんと店に行って手に入れたものだ。ショーケースにはクラスメイト全員に振る舞えるだけの数がなかったが、父さんに計画を話すと「店の宣伝になるのなら」と快く用意してくれた。

綾音さんはまるで優勝カップのようにまんじゅうを高々と掲げる。

「これは私のバイト先――『甘味処もちや』のおまんじゅうです」

今度は俺が注目される番だった。

自己紹介で宣伝したのを覚えていてくれたのか、店名と名字の一致に気づいたのか――どっちかはわからないが、俺と綾音さんがただならぬ関係であることに気づいたようだ。

矢野がうしろからガクガクと肩を揺さぶってきた。

「お、おいっ！　『甘味処もちや』って持谷の店だよな⁉」

「うちの店だよ」

「てことは持谷、水無月さんとバイトしてんのか⁉」

矢野はめちゃくちゃ羨ましそうだ。

まあね、と同意しつつ、事情を語る。

「ほら、先月看板事故があっただろ？　あのあと恩返しさせてほしいって言われて、店を手伝ってもらうことになったんだ」

みんなに聞こえるように、やや大きめの声で説明する。

借りを作るべからずの話を始めるとややこしくなるし、急がないと休み時間が終わってしまうため、それについては黙っておくことにした。

矢野をはじめとしたクラスメイトは『そういう事情か』と納得してくれた様子だ。

「私は『甘味処もちや』の和菓子が好きです」

綾音さんが抑揚のない声を発すると、再びそちらが注目される。

ぱっちりとした青い瞳でひとりひとりの顔を見ながら、

「私はひとりでいるのが好きですが、みなさんのことが嫌いなわけではありません。安部くんも、井口さんも、衛藤くんも……このクラスにいるみなさんのことを、大切なクラスメイトだと思っています」

出席番号順に名前を呼ぶと、該当する生徒たちは嬉しそうな顔をする。ギリギリ呼ばれなかった小田は、なんだか悔しそうにしていた。

それでも高嶺の花に『大切なクラスメイト』だと言ってもらえたわけで。困惑が漂っていた教室に、明るさが広がっていく。

「これから数学の小テストがありますが、五時間授業を受けて疲れているかと思います。疲れた頭には糖分が効果的なので、おまんじゅうを食べてリフレッシュして、小テストを乗り切ってください」

そこで言葉を句切り、どこか不安そうな眼差しで教室を見まわす。

「もちろん、おまんじゅうが苦手な方は、無理して食べる必要はありません」

そう言うと、彼女は紙袋を手に取った。

ひとりひとりの席を巡り、まんじゅうを手渡していく。

我が校のアイドルからの贈り物だ。受け取りを拒否する生徒などいるわけがなく——

「どうぞ安部くん」

「あ、ありがと！」

「どういたしまして。どうぞ井口さん」

「美味しそ～！　大事にいただくねっ」

「嬉しいです。どうぞ衛藤くん」

「味わって食べるから……！」

「ぜひそうしてください。どうぞ小田くん」

「っしゃあ名前呼ばれたァ！　マジでサンキュ！」

みんな嬉しそうにまんじゅうを受け取り、包装を剥がしていく。

俺は期待半分不安半分の心地で、クラスメイトの反応を窺う。嬉しいのはわかるけど、味のほうも気に入ってもらえるといいのだが……。

「おまんじゅうなんて、おばあちゃん家で食べて以来だよ～」

「私も～。あ、でもこれ美味しい」

「あんこがぎっしりしてるけど、これくらいならぺろっといけちゃうね」

「水無月ちゃんがくれたんだと思うとよけい美味しく感じるよ～」

「水無月さんの温もりを感じるぜ……」

「頭に糖分が染み渡る……」

「水無月さんのためにも満点取らないとなっ！」

評価は上々だが、『水無月綾音からの贈り物』という付加価値が大きいようだ。彼女が手渡しせず、教卓にまんじゅうがぽんと置かれていただけなら、誰も手には取らなかったかもしれない。

この状況は、まんじゅうではなく綾音さんの魅力によってもたらされたものだ。そこを勘違いしてはいけない。

それでも、うちの和菓子を美味しそうに食べてもらえたのはめっちゃ嬉しい。

綾音さんがうちでバイトしていることも知られたし、噂が広まれば他クラスからも一目見ようと店に来てくれるはず。

タピオカミルクティーにしろ、マリトッツォにしろ、ブームには必ず終わりが訪れる。しかしなかにはブームが過ぎても、好きでいてくれるひともいる。

このなかからひとりでも和菓子好きが生まれれば万々歳だ。

「どうぞ持谷くん」

「ありがとう水無月さん」

綾音さんからまんじゅうを受け取り、かじりつきつつ、店が賑わいますようにと祈るのだった。

◆

その日の放課後。いつものように商店街へ向かっていると、うしろから足音が近づいてきた。振り返ると、綾音さんが駆け寄ってきていた。

付近に知り合いの姿はなく、立ち止まって綾音さんを待つ。早く俺と合流したいのか、彼女はさらに足を急がせて、

「ご一緒していいですか？」

息を切らせつつも、わくわくとした口調で話しかけてきた。もちろん、とうなずいて、一緒に商店街へ向かう。

「ていうかさ、次からは一緒に学校を出てもいいんじゃないか？」

彼女の息が整ってきたところで、俺はそう切り出した。

わざわざ学校を離れたタイミングで話しかけてくるのは、変な噂が流れないようにするためだ。

しかし今日、俺たちは関係を打ち明けた。看板落下事故で交流をスタートさせ、バイト仲間になったと。同じ店で働いているなら、一緒に帰っていてもなんら不思議ではない。

「でも……いいんですか？」

綾音さんも一緒に学校を出たかったのか、どこか期待するような眼差しを向けてきた。

「全然いいよ。教室でも普通に話しかけてくれていいし」

「それはちょっと……」

「嫌？」

「いえ、嫌というわけではないんです。ただ、奏太くんを独り占めしてはかわいそうですから……」

「かわいそうって、誰が？」

「奏太くんの友達です。ただでさえ休日奏太くんを独り占めしてるわけですから……」

　俺は人気キャラじゃない。なかなか一緒に遊べないからって、悲しまれたりはしない。まあ、もしかすると寂しがる奴はいるかもだし、俺だって友達を蔑ろにはしたくないが。

　それに、と綾音さんが微笑する。

「学校では一緒に過ごせなくても、こうして放課後はおしゃべりを楽しめますから」

　そう言われると、自然と頬がほころんでしまう。

「そっか。ならいいんだ。ところで小テストはどうだった？」

「満点だと思います。奏太くんは？　勉強の成果は出ましたか？」

「八割は固いかな。綾音さんのおかげで賢くなれたよ」

「どういたしまして。……お役に立てたなら、また一緒に勉強してもいいですか？」

　甘えるようにそう言われ、俺はもちろんうなずいた。

　そうしていつものように話しながら歩いていき、横断歩道に差しかかる。ちょうど目の前で赤信号に変わり、足を止めた。

　綾音さんが思い出したように言う。

「そうでしたそうでした。実は昨日別れたあと、着物が届いたんです」

「もう届いたのか」

「ええ。奏太くんのも届きましたから、今日から着ませんか？」

　早く俺に見せたかったのか、学校に持ってきていたようだ。どうりでカバンがパンパンだと思ったよ。

「着るのはいいけど……ほんとにお金はいらないのか？」

『倉井軒』で和装を取り入れようと決めたあと、お金は払うと申し出たが、そんなに高くはないからと断られた。

　が、彼女は総資産一〇〇億のお嬢様だ。彼女の言う『そんなに高くない』を鵜呑みにはできない。

「もちろんです。私が提案したことですし、個人的にも奏太くんの和装を見てみたいですから」

　その理屈が通るなら、彼女の服代は俺が支払うべきだ。……まあ「綾音さんの和服姿が見たいんだ」なんて言えないけども。

「わかった。ありがたく着させてもらうよ」

「はい。着ちゃってください」

上機嫌そうな綾音さん。

信号が青に変わり、横断歩道を渡る。それからほどなくしたところで商店街に到着し、俺たちは『甘味処もちや』にたどりつく。

「おかえり奏太。いらっしゃい水無月さん」

引き戸を開けると、母さんに出迎えられた。店内はガラガラで、お客さんの姿はない。

六時間目が終わったあと、矢野たちに店の場所をたずねられ、その場のみんなに教えておいた。ひとりかふたりは来てくれるだろうけど、いまのところ誰もいない。

クラスメイトの多くは部活をしているので、平日の客入りはいつもと大差ないだろう。賑わうとすれば休日だ。何人来るかはわからないけど、いままでで一番の宣伝効果を発揮するはず。そんな期待を胸に秘め、俺たちは休憩スペースへ――っと、そうだ。今日から着替えがあるんだった。

「俺は外で待ってるから、先に着替えていいよ」

そう言って部屋を出ようとすると、

「べつにいてくれて構いませんよ」

呼び止められ、戸惑いながら振り返る。

「えっ？　でも……着替えるんだろ？」

「ひとりずつ着替えるのは時間の無駄ですから……。うしろを向いててくれるなら、私は平気です」

そうは言うが、恥じらうように目を伏せている。きっと俺に気を遣い、恥ずかしいのを我慢しているのだろう。

綾音さんの和装が見られるなら何時間でも待つが、ひとりずつ着替えるのが時間の無駄だと言われると、それもそうだな、という気持ちにはなる。

この部屋には鏡がない。彼女の言う通り、うしろを向いていれば問題はないのだ。

「じゃあそうしよっか。俺の服ってどれ？」

「これです」

カバンから薄緑の作務衣(さむえ)が出てきた。

「へえ、かっこいいな。綾音さんのは？」

「私はこれです」

華やかな桜柄の和服だった。目を引く色だが派手さはない。上品な色使いが綾音さんにぴったりだ。

「いいデザインだな」

「これ、茶衣着(ちゃいぎ)というらしいです。お揃いの作務衣にするか迷ったんですけど、こっちは下がスカートで、可愛かったので……」

「いい判断だよ。俺も作務衣より茶衣着姿の綾音さんのほうが見てみたいから」

「よかったですっ。さっそく着替えますね」

嬉しげな綾音さんとテーブルを挟み、背中を向けて着替え始める。

ブレザーを脱いでいると、うしろから衣擦れの音が聞こえてきた。姿こそ見えないが、だからこそ想像力がかき立てられる。

同じ空間……しかもすぐそばで綾音さんが着替えてるんだと思うと、身体が熱くなってきた。ぽわぽわと下着姿が脳裏によぎり——いかんいかんと頭を振る。

妄想を追い払い、さっさと作務衣に袖を通す。生地はやや硬めだが、それだけしっかりしているということだ。毎日着ればすぐに身体に馴染むだろう。

さておき、着替え終えたわけだけど……出入り口側には綾音さんがいるわけで。彼女の着替えが済むまで待つしかないか。

「奏太くん」

そわそわしていると、綾音さんが呼びかけてきた。着替え終わったのかとそっちを振り向き、息を呑む。

綾音さんは、下着姿だった。

厳密に言うと、下着を晒している姿——茶衣着を羽織り、スカートはまだ穿いていない状態だ。

茶衣着がはらりとはだけ、ライトブルーの下着が上下とも丸見えになっていて——

「きゃあ⁉」

悲鳴を上げ、綾音さんがしゃがみ込む。

ハッと我に返り、俺もすぐさま背中を向けた。

「ご、ごめん！　て、てっきり着替えたんだと思って……」

「い、いえ、誤解を招く言い方をした私に非がありますから……。た、ただ、エプロンはどうすればいいか確認したかっただけで……」

「ど、どうすればって？」

「茶衣着についてきたエプロンにするか、いつも使ってるエプロンにするかです」

「せ、せっかくだし、ついてきたほうでいいんじゃないか？」

「そ、そうします……。そ、それと……さっきのは忘れてください。今日はたまたま気を抜いてただけで、いつもはもっとちゃんとした下着なんです……」

「そ、そうなんだ」

ちゃんとした下着って、どんなだ？　どっち方面に『ちゃんとした下着』なんだ？　可愛い方面？　過激方面？　そんなことを言われたら、よけいな想像をしてしまう。

「わかった。忘れるよ」

もちろん、忘れられるわけないが。

俺の言葉に安心したのか、羞恥を感じる息遣いとともに、シュルシュルと衣擦れの音が聞こえてきた。

「……もういいですよ」

そっと呼びかけられ、ドキドキしつつ振り返り……ほっと胸を撫で下ろす。綾音さんはちゃんと茶衣着に身を包んでいた。

ふんわりとした毛先をくるくる回しながら、上目遣いに見つめてくる。

「どうでしょうか……？」

「めっちゃ似合ってるよ。まさに看板娘って感じ」

パッと顔が明るくなり、大きな青い瞳が煌めいた。

「私、『甘味処もちや』の看板娘になれるように頑張りますっ！」

丸みを帯びた胸の前で、グッと拳を握りしめる綾音さん。とにもかくにも着替え終え、やる気満々な彼女とともに、俺は休憩スペースをあとにした。

「あっ！　水無月ちゃん来た～！」

販売スペースに出た途端、賑やかな声に出迎えられた。店内にはクラスメイトの女子が三人いた。

「その服すっごい可愛い～っ！」

「江戸時代にタイムスリップしたみたーい！」

「いつもそれ着て接客してるのっ？」

「いえ、今日からです」

「メモリアルな日に来ちゃった！　ラッキー！」

茶衣着姿の綾音さんを見て、きゃあきゃあと声を弾ませている。

まさかこんなに早く宣伝効果が出るなんて。綾音さんの人気っぷり半端ないな。

「替わるよ」

店内に女子高生がいる状況に違和感と喜びを覚えつつ、母さんと接客をチェンジする。

あとはお願いね〜、と母さんが作業場へと去ったところで、女子たちがショーケースに視線を落とした。

「なににしよっかなー」

「やっぱりおまんじゅうでしょっ！」

「あれすっごい美味しかったもんねー」

「ほんとにっ？」

思わず会話に加わってしまう。

「めっちゃ美味しかった！　ぺろっといけちゃったもん」

「あんなん一個じゃ足りないって！」

めちゃくちゃ嬉しい！　綾音さんの働く姿を見たいだけかもと思ったが、和菓子の味を気に入って買いに来てくれたんだっ！

「でもせっかくだから、おまんじゅう以外も食べたいよねー」

「ねえ持谷くん、オススメだけど、桜餅は春限定だからいまのうちに食べといたほうがいいかも」

「全部オススメだけど、オススメってあるの？」

「じゃあそれにするー！」

綾音さんが商品をパック詰めしていき、俺がレジを担当する。

「こんちゃーっす」

会計をしていると、新たにお客さんが来た。

あまり見ない顔ぶれだが、全員うちの制服に身を包んでいる。そのうちのひとりは矢野だった。

「ほ、ほんとに水無月さんがいるじゃん！」

「しかも和服だし！」

「な？　部活サボってよかっただろ？」

矢野が得意げに言った。どうやら部活仲間を連れてきてくれたようだ。

「部活サボったのかよ」

「固いこと言うなって。部活と水無月さんなら、水無月さんを選ぶに決まってんだろ？　仲間に宣伝してやったんだから感謝しろよな」

「ま、それに関しては礼を言うよ」

言いつつ、女子たちの会計を済ませる。

彼女たちが財布を仕舞ったところで、水無月さんが商品入りの袋を差し出して——

「ありがとうございました」

ほほ笑みを浮かべたその瞬間、賑々(にぎにぎ)しかった店内が静まりかえった。みんな一様に目を丸くして、じわじわと頬を緩めていく。

「……やば。笑ってるじゃん」

「私、見とれちゃったよ……」

「可愛すぎる……」

「一生見てたい……」

「できれば和菓子を見てくれ」

目をとろんとさせている矢野たちにツッコミを入れる。気持ちはわかるけどね。

「そ、そうだな！　早くありがとうって言われたいし！」

「どれにすっかな。矢野が美味いって言ってたの、まんじゅうだっけ？」

「そうそれ。一個だとぜったい後悔するから二、三個買っといたほうがいいぜ」

「うちのまんじゅう、そんな美味かったか？」

「めっちゃ美味かったぜ！」

ぐっと親指を立てる矢野に、俺は笑みをこぼす。

すると今度は小田が来た。さらに矢野グループの会計を済ませる前に、女子グループがぞろぞろ来てくれた。

こんなに店が賑わうなんてはじめてだ。賑々しい店内を見ていると、思わず頬が緩んでしまう。それもこれも綾音さんが宣伝してくれたから。彼女が手伝ってくれなかったら、今頃はいつものように閑古鳥が鳴いていただろう。

ずっと見たかった賑々しい光景を見せてもらった。俺にとっては最高の恩返しだ。

だから言おう。仕事が終わったら伝えよう。

——これで貸し借りなしの関係だと。

《 終幕　令嬢はそばにいたい 》

孤高の令嬢が『甘味処もちや』で働いている――！

そのニュースはさながら電光石火のごとく学校中に広まったようで、一八時を過ぎても客足が途絶えることはなかった。

部活終わりに一目見ようと多くの生徒が店に押し寄せて、綾音さんの可愛いほほ笑みに大満足した様子で帰っていき……

一九時を過ぎた頃、ようやくクローズの看板を出せた。

うちの店はお客さんがいる限り店を閉めないのがポリシーだ。なのに今回営業を終えることになったのは、閉店時間を一時間も過ぎたとか、お腹が空いてきたからとか、そんな理由ではない。ショーケースが空っぽになったからだ。

さすがに売る物がなくなるとは思わなかった。飛ぶように売れるとはまさにこのこと。これだけ多くのお客さんが来てくれたのだ。うちの和菓子の味にハマり、常連客になってくれる生徒もいるはずだ。

人気が人気を呼び、商店街屈指の人気店になり、テレビが取材に訪れ、遠方から買いに来てくれるひとも現れるかも！

そんな期待を抱いてしまうくらいには、今日は大盛況だった。

「めっちゃ売れたねー」

「売れましたねー」

　和服から制服に着替え、休憩スペースで隣り合って緑茶を飲みながら、俺たちは喜びを分かち合っていた。

　間違いなくいままでで一番忙しかったが、空っぽのショーケースを見た途端、疲れなど吹き飛んでしまった。

「想像以上の売れ行きだったなっ」

「おじさまもおばさまも、すごく嬉しそうにしてましたね」

　空っぽになったショーケースを感慨深そうに見るふたりの姿を思い出すと、つい笑みがこぼれてしまう。育ててもらった恩返し——なんて殊勝な考えがあったわけじゃないが、親孝行できたみたいで本当によかった。

　そしてふたりの嬉しげな顔を見ることができたのは、綾音さんのおかげである。

　湯飲みから手を離し、彼女のほうへ身体を向け、俺は頭を下げた。

「店のために協力してくれて、本当にありがとう」

「いえ、私はただおまんじゅうを配っただけですから。和菓子が飛ぶように売れたのは、おまんじゅうが美味しかったからこそです」

「そう言ってもらえるのは嬉しいけど、今日の賑わいは間違いなく綾音さんのおかげだ。だから……本当にありがとう」

　さっきよりも思いを込めて、彼女に感謝の気持ちを伝える。

――客入りは悪いけど、常連客はついている。

――衰退はしているが、すぐに潰れるほどじゃない。

そうは言っても、いつまでも常連でいてくれる保証はなく、すぐに潰れないというのも希望的観測に過ぎないわけで……。

ある日突然客足がぱったり途絶え、店が潰れるんじゃないか――。そんな不安を感じたことがないと言えば嘘になる。

だけど今日の賑わいを見て、不安は完全に吹き飛んだ。

若者に和菓子は人気がない――。そう勝手に思い込み、自虐思考になっていたけれど、美味しければちゃんと受け入れてもらえるんだと自信がついた。

そんなことに気づかせてくれたのも綾音さんだ。

彼女には感謝してもしきれない。

だから、ちゃんと伝えないと。

「大事な話があるんだ」

真剣な眼差しを向けると、綾音さんはわずかに表情を強ばらせた。

「大事な話、ですか？」

ああ、とうなずき、

「俺、この店が大好きなんだ。大袈裟じゃなく、命と同じくらい大切なんだ。そんな店を救ってくれた綾音さんは、俺にとって命の恩人みたいなものなんだよ」

「命の恩人……」

「そう、命の恩人。だからさ――」

青い瞳をまっすぐに見つめ、感謝の思いを込めて告げる。

「これで貸し借りはなしだよ」

「貸し借り……なし？」

「そう。貸し借りなし」

あらためて告げると、綾音さんの顔が曇る。

すがるように俺を見て、首をふるふる横に振り、

「そんな……こと、ありません。私……まだ返せてません」

俺に気を遣われていると思っているのか、綾音さんは食い下がる。なにかを思い出したように手を叩き、

「そ、そうです！　まだおじさまとおばさまは隠居してませんっ！　隠居するまでここでお手伝いする――元々そういう約束でしたよね？」

「たしかにあのときはそう言ったけどさ、隠居する前に一〇〇億の借りを返してもらったから――」

「返せてません！」

綾音さんが声を荒らげた。必死さを感じる声だ。あんなに借りを返したがっていたのにこんな反応をされるとは思わず、俺は動揺してしまう。

「本当に、俺は借りを返してもらったと思ってるんだけど……」

「返せてません……」

綾音さんはつらそうだ。

青い瞳を潤ませて、涙声で訴えかけてくる。

「私、この店が……奏太くんと一緒に過ごす放課後が大好きです。もっともっと、ここで過ごさせてほしいです……」

絶え入るような声だったが、隣にいるのでちゃんと聞こえた。なにより彼女の気持ちは伝わった。

以前俺は彼女に告げた。――「笑えるようになるためにも、うちの店を大好きになってほしい」と。

そして綾音さんは仕事中に自然とほほ笑みを浮かべるくらい、この店を大好きになってくれた。

だからこそ、借りを返したことにはしたくないのだ。

この店で働き始めたきっかけが一〇〇億の借りなので、それを返したら大好きな店から追い出されると思って。

そんなこと、するわけないのに。

「綾音さんのおかげで、店は盛り上がったんだ」

「はい……」

「そのおかげで、これから忙しくなると思うんだ」

「はい……」

「だから、これからも店を手伝ってほしいんだよ」

「……え？」

悲しげにうつむいていた綾音さんが、パッと顔を上げた。その瞳に希望が宿っていく。

「私……まだ店にいていいんですか？」

「むしろ、いてくれないと困るよ」

「私がいないと、お客さんが来ないから……？」

「そうじゃなくて、綾音さんがいてくれないと人手不足で店が回らないし……。それに、綾音さんがいないと寂しいし……」

「私がいないと……寂しい、ですか？」

「ああ。きっかけは貸し借りだけど、一緒に接客したり、食事したり、旅行したり、勉強したり、店を盛り上げるためにあれこれ一緒に考えたり……楽しい時間を過ごしたから。なのに突然交流が途絶えるとか寂しいし……貸し借りがあろうとなかろうと、これからも仲良くしたいと思ってるよ」

照れくささを感じながらも、気持ちがちゃんと伝わるように、まっすぐに目を見つめて思いを告げると、彼女の美貌に喜びが広がっていく。

「私もですっ。私も奏太くんがいないと寂しいですっ。もっと奏太くんと仲良くなりたいですっ」

「ほんとにっ」

「はいっ、ほんとです！　よかった……奏太くんも同じ気持ちだったんですねっ」

「俺のほうこそよかったよっ」

これで借りは返しました、ではさようなら――とか言われたら泣いてたぞ。

「本当によかったです……。私、いままで通りここで働けるんですね……」

「ああでも、全部が全部いままで通りってわけじゃないから」

「なにが変わるんですか……？」

「給料だよ給料。借りは返してもらったわけだし、いつまでもボランティアってわけにもいかないだろ？」

「べつに気にしなくていいんですけど……」

「そんなわけにはいかないって。もう一〇〇億の借りなんてないんだから」

「そう……ですよね。私、借りを返しちゃったんですよね……」

綾音さんは、また顔を曇らせてしまった。ちらりと俺を見て、

「……給料、受け取りを拒否することはできませんか？」

「そんなにいらない？」

「いりません。だって私……いままで通り、奏太くんとお付き合いしたいです……」

裏を返せば、給料を受け取るといままで通りの付き合いができなくなるというわけだ。

仕事の見返りに給料をもらうのは普通のことなのに、どうしてそんなふうに思うのか……

「……あぁ」

もしかしてあれか、だから顔を曇らせてしまったのか……、と思い当たる節に気づき、俺は苦笑してしまった。

本当に、めちゃくちゃ面倒臭い性格してるなぁ。

かつて俺は懸念していた。一〇〇億の借りを返し終えたとき、綾音さんは「借りを作るわけにはいきません」とクラスメイトにしているように俺を遠ざけようとするかも、と。だけど、こんなに一緒にいたがっているのだ。距離が縮まることはあっても、遠ざかることはない。

だから俺は安堵していたが、なにも彼女はポリシーを曲げたわけじゃない。

尊敬する父の教えに従い、いまでも借りを作るのを避けたがっている。

いままで通りに俺と過ごせば、うっかり借りを作ってしまうんじゃないか——。そんな懸念を抱き、給料の受け取りを拒否したわけだ。俺に貸しを作ることで、うっかり借りを作っても、互いに相殺し合うと思って。

……ほんと、筋金入りの頑固さだなぁ。まあ、そんなところも全部ひっくるめて彼女を好きになったんだが。

ともあれ、そういうことなら対策は簡単だ。

「うちの和菓子を好きになってくれる生徒もいるとは思うけど、綾音さんが店にいるのといないのとじゃ売り上げが全然違うから。これって、綾音さんに借りを作ってる状態だと思うんだ」

「私は貸しだとは思ってませんが……」

「大事なのは俺が『借りを作ってしまった』と思ってるかどうかだよ。綾音さんだって、俺が気にしなくていいって言ったのに、一〇〇億を渡そうとしてきただろ？」

「たしかに……」

当時の心境を思い出したのか、綾音さんはすんなり納得してくれた。

「だろ？　だからこの先綾音さんがうっかり俺に借りを作るようなことがあっても、俺の借りと相殺するんだ。しかも月一の給料と違って、この借りは常時発動型――。つまり、いままでみたいに気楽に接してくれていいってわけだ」

一〇〇億という借りを完済したうえで、いままでと同じように俺と楽しく過ごすことができる。

他人に借りを作るべからずという信条と友達付き合いの板挟みになっていた綾音さんにとって、それは本当に嬉しいことだったのだろう。

俺の手をぎゅっと握りしめ、顔いっぱいに喜びを咲かせていき――

「これからも、ずっと一緒にいましょうねっ！」

それはそれは幸せそうに、満面の笑みを浮かべたのだった。

《 あとがき 》

はじめまして、猫又ぬこです。

この度は『孤高の令嬢と甘々な日常』をお手に取っていただきまして、誠にありがとうございます。

本作は『借りを返すために仕事を手伝ってくれることになった美少女と交流するうちに仲良くなっていく物語』です。

主な舞台は和菓子屋です。和菓子は昔からよく食べるのですが、特にたい焼きが好きで学生時代は一時期夕食代わりにしていた記憶があります。あとは分厚い円盤状の和菓子も好きです。色々と呼び方がありますが、私は『回転まんじゅう』派です。


それでは謝辞を。

本作の出版にあたっては、多くの方々に力を貸していただきました。

担当様をはじめとする、講談社ライトノベル出版部の皆様。

お忙しいなか美麗なイラストを手がけてくださったイラストレーターのたくぼん先生。

校正様、デザイナー様、その他本作に関わってくださった多くの関係者の皆様。本当にありがとうございます。

そしてなにより本作をご購入くださった読者の皆様に最上級の感謝を。皆様に少しでもお楽しみいただけたなら、これ以上の幸せはありません。

それでは、またどこかでお会いできることを祈りつつ。

二〇二四年まだまだ寒い日　猫又ぬこ

孤高の令嬢と甘々な日常

猫又ぬこ

2024年3月29日第1刷発行

発行者	森田浩章
発行所	株式会社　講談社 〒112-8001 東京都文京区音羽2-12-21
電話	出版　(03)5395-3715 販売　(03)5395-3605 業務　(03)5395-3603
デザイン	AFTERGLOW
本文データ制作	講談社デジタル製作
印刷所	株式会社ＫＰＳプロダクツ
製本所	株式会社フォーネット社

KODANSHA

ISBN978-4-06-535467-4　N.D.C.913　231p　15㎝
定価はカバーに表示してあります